漣の腕に支えられたまま、照に突かれるたび、
千尋の下肢が跳ね、粘膜は陰茎にうねりながら絡みつく。
「……あんまりつらかったら、もう、なにも考えるな千尋ちゃん」
凪が千尋の髪を撫でながら、蜜のように甘く囁いた。

ラルーナ文庫

万華鏡の花嫁

鹿能リコ

三交社

CONTENTS

Illustration

den

万華鏡の花嫁

本作品はフィクションです。
実際の人物・団体・事件などにはいっさい関係ありません。

星ひとつない夜だった。薄墨のような雨雲が空を覆いつくしている。

「雨になるな……」

マンションの駐車場で乗用車からおり、荒木凪《あらきなぎ》が空を見あげてつぶやいた。

建物の出入口へ歩きはじめた凪の前に、夜空よりもなお濃い人影が立ち塞《ふさ》がる。

「凪……」

「漣《れん》か。どうした、またやったのか？」

冷たく透き通った声の呼びかけに、凪が軽い調子で答えた。

漣、と呼ばれた青年はそれに小さくうなずき返す。

凪も漣も、美しい青年だ。

二十八歳の凪は医師という職業にふさわしく、パリッとしたスーツを着こなしている。人懐こい優男風の顔を、メガネをかけることで理知的に演出していた。

背は高く、百八十センチを超えており、細く長い指が印象的であった。

十九歳の鶴来漣《つるぎ》は学生らしい薄手の黒いデニム地のジャケットに淡いブルーのTシャツ、それにジーンズとカジュアルな服装だ。

声と同じくクールな美貌《びぼう》は、見るものを拒絶するかのように鋭く、切れ長の瞳《ひとみ》が、その印象をより強めている。

身長は凪よりは低いが、長い手足と引き締まった体が、まるで俊敏な獣のようだ。

雰囲気は違うふたりだが顔だちはどことなく似通っている。

それも当然のことで、ふたりは鶴来という一族の出身で、従兄弟《いとこ》どうしなのだ。

族名と同じ苗字《みょうじ》を持ち、族長とも近い血縁にありつつも漣は一族で孤立している。その
漣にとって、族長を補佐する一家の総領息子である凪は、唯一の理解者であった。

凪は漣のジャケットに浮かぶ血の染みに目をやり、軽く眉《まゆ》をひそめる。

「しょうがないな、ついてこい。その傷の手当てをしてほしくてここにきたんだろう？」

「……すまない」

凪の返事に、漣が安堵《あんど》の表情を浮かべた。

普段は表情に乏しい漣だが、凪の前では素直に感情を表す。

「謝るくらいなら、そこまで血が流れるような怪我《けが》をするな。どうしておまえは、そうい
つも自分を痛めつけるようなことばかりするんだ？」

「………」

歩きながら、凪は何度もくり返した問いをする。

そしてまた、それに漣が答えないのもいつものことであった。

言ったところで、こいつは素直に聞く奴じゃないからなぁ……。

漣の気配を背中に感じつつ、凪が内心でひとりごちる。無駄に終わるとわかっていても忠告せずにはいられない。

凪は、そんなお節介な性分であった。

マンションに到着すると、凪は救急箱をバスルームに持ち込み、漣の手当てをはじめた。ジャケットとTシャツを脱がせ、漣を上半身裸にし、傷を確認する。奇妙なことに、漣の服はどこも破れていないのに、右上腕部に深い切り傷が刻まれていた。

あともうちょっと深かったら、神経までいってたか。そうしたら、さすがの俺でもすぐに完治ってわけにはいかないんだぞ⁉　まったく、運がいいから良かったものの、心配かけやがって！

心の中で罵《ののし》りつつ、凪は流水で傷口を洗い、滅菌ガーゼで水分を吸い取った。

「この傷、千尋《ちひろ》ちゃんが原因か？」

「あぁ、どこのどいつかわからないが、あいつを狙《ねら》ってしかけてきた奴がいた。封印と護符で隠すのも、そろそろ限界だ」

「やれやれ、どんどん万華鏡の力が強くなってるんだな。……俺から族長か照《しょう》に言って、例の儀式を早めてもらうか？　そうしないとあと十日、おまえの身がもたないぞ？」

「必要ない。期日まで、俺が絶対にあいつを守る」

頑固を絵に描いたような顔をして、漣が首を左右にふった。

言い出したら聞かないこどものような態度に、凪が肩をすくめる。

「その言葉だけ聴いていると、まるで愛の告白だな。千尋ちゃんは、おまえがガードしていることを知らないんだろう？」

「もちろん、知らせていない。そういう約束だ。俺のことは、ただのサークルの後輩としか思っていないはずだ」

「やれやれ、難儀なことで。褒められもせず、感謝もされず、黙って守って……ねぇ。空《むな》しくならないか、自分のやってることがさ」

清めた傷口に緑色の軟膏《なんこう》をたっぷり塗ったガーゼを当て、テープで止めると、凪は漣の右腕に慣れた手つきで包帯を巻きはじめる。

「感謝されたくてしているわけじゃない。それが俺の義務だからだ」

「感謝されるのが大好きで医者になった俺には、その気持ちは到底わかりかねるね。……さて、治療は終わった。次はこっちだ」

手早く救急箱に包帯やテープをしまうと、凪が漣の右腕に手をかざした。目を閉じて小声で何事かをつぶやくと、漣の傷口からどす黒い煙のようなものが流れ出した。

凪がズボンのポケットから小さな透明の水晶珠を取り出して包帯にかざす。

すると、黒い靄《もや》がじょじょに水晶へ吸い込まれ、それに伴い、透明だった水晶が白濁してゆく。

黒い靄が消えた時、透明だった水晶はすっかり白くなっていた。

「はい、浄化完了。次は……っと」

再び凪が包帯に手をかざした。今度は凪の手から柔らかな光が放たれる。

切れた肉、血管、皮膚。光を通して細胞を活性化させて……つなげて、塞いで……。

脳内のイメージが現実に投影されるよう、気を注ぎ、調整する。

そして、凪のイメージ通りに漣の傷は癒《い》えてゆく。

通常ではありえないほどのスピードで。

どうしてそうなるか。理屈は凪にはわからないし、知ろうと思ったこともなかった。

呼吸する方法を習う必要がないように、凪はそれはそういうものなのだ、ということを知っていた。

誰《だれ》に習うことなく、それは物心ついた頃から凪が身につけていた能力であった。

「……よし、いいだろう」

ややあって凪が顔をあげた。

わずか数分の間に、濃い疲労の影がくっきりと顔に刻まれている。

「三日もあれば完治するだろう。それにしても漣、おまえ、少しは治癒のテクも磨いたらどうだ？　そうしたら俺も楽だし、治りも今の倍は早くなるぞ」

「……俺は、壊すことしかできないから。いくら練習しても無駄だ」

逃げるように視線を凪から逸《そ》らし、漣は脱いだ服を左手でまとめはじめる。

「はいはい。その頑固さを先になんとかした方がいいと俺は思うけどねぇ。まあいいさ。いずれ、かわることになるだろうし」

救急箱を取りあげ、凪が立ちあがる。

漣は凪を見あげると、眉をよせ、不機嫌そうに尋ねた。

「……それは、予知か？」

「おいおい、俺にそんな力がないのはおまえだって知っているだろう？　俺はただの救急箱だよ」

立ちあがった漣の肩に、苦笑しながら凪が腕を回した。

「変に歪《ゆが》ませなければ、そうなるもんさ。冬がきたら春になる。季節が巡るように、おまえの場合、大人になるってことは、その頑固さを捨てるってことだよ、未成年」

メガネの奥で、意味ありげに凪の目が笑った。

ふたりの年齢差は九歳。おまけに学生と社会人という経験の差もある。

漣は凪の言葉を一蹴《いっしゅう》せず、ただ困惑した顔で年上の従兄弟を見返したのだった。

十月に入って最初の金曜日。

台風一過のその日は、抜けるような青空が広がっていた。

晴れわたった空の下、大学のキャンパスを加賀見《かがみ》千尋は軽快な足取りで歩いていた。

千尋は法学部の二年生で、性格も服装もいたって普通のありふれた青年であった。

ただひとつ、そのずば抜けた美貌を除けば。

女性的に整った端整な顔に濃厚な色気を湛《たた》えた誘うような口元。

原宿《はらじゅく》や渋谷《しぶや》、新宿《しんじゅく》を歩けば、かなりの確率でモデルやタレントの事務所、ホストクラブなどの誘いがかかるほどだ。

「君なら絶対、人気者になれるよ」

そういくら熱っぽい口調で勧誘されても、千尋は素っ気なく断るだけだ。「俺、将来は公務員って決めてるんで」と。

千尋のモットーは確実、着実、堅実で、人気商売などという、将来が不安定な職に就く気はまったくない。

おまけに母子家庭で母親は看護師ときたものだから、特技は家事で、趣味はハンカチのアイロンがけという質実ぶりだ。

大学を卒業したら、公務員になって二十代のうちに職場結婚。

しばらくは共働きで、家事を分担して、こどもができたら育児も手伝って……と、妙に緻密《ちみつ》で現実感覚に満ち満ちた将来設計も万全であった。

そんな千尋であったが、性格はいたって素直で朗らかなため、友人も多い。

昼休みになり、千尋はサークルの溜《た》まり場となっている学内のカフェに向かった。

いつもの場所に千尋が顔を出すと、既にたむろしていた友人から声がかかる。

「千尋、今日のゼミが終わったら、肝試しに行かないか？」

ゼミというのは、千尋が所属する公務員試験突破を目指す学術系サークルの、勉強会のことだ。

「ほら、三多摩《さんたま》地区の方に有名な心霊スポットがあるだろ？　今、みんなで話してて盛りあがってさ。いっぺん行ってみようってことになったんだ」

三年生の先輩が熱心に千尋に誘いをかける。

「行きませんよ」

テーブルに手作り弁当を広げながら、間髪入れずに千尋が断った。

「えー、どうして？　夜中にドライブ、いいじゃない。私、千尋くんとドライブに行きたあい」

同じ学年の女子――江口《えぐち》――が舌足らずの声で言い、千尋の腕に手をかける。

しかし、あからさまな誘いにも千尋は心を動かさなかった。

「俺、肝試しとか嫌いなんだよね。幽霊とか超能力とかくだらないし、信じるなんて馬鹿みたいだから」

「そりゃあ、私だって本当は信じてないよぉ。でも、ほら……こういうのが縁で、つきあっちゃったりとかするし……イベントって思えば、楽しいでしょ？」

「そうだね。でも、絶対に行かない」

にべもなく拒絶すると千尋は麦茶入りの水筒を口に運んだ。

顎《あご》をあげた拍子に、後輩の鶴来漣が視界に入る。

また、俺のこと見てる。

漣がしばしば自分を凝視していることに、千尋は気づいていた。

最初はもしかしてホモで、自分のことを狙っているのかと思ったが、すぐにそうでないことがわかった。

並外れて整った顔のせいで、千尋はこどもの頃から男女を問わず声をかけられたり、連れ去られそうになることもしばしばだった。

いつも寸前で母親や近所に住む医大生の――現在は母と同じ病院に勤務する内科医となった――荒木凪に助けられたので、事なきを得ていたが。

そんな千尋だからこそ、漣のまなざしに欲情が含まれていないことにすぐ気づいた。

とはいえ、整った顔が物珍しいというわけでもない。

千尋と仲良くなって女の子とお近づきになろうとしているわけでもない。

時代劇に出てくる若武者のように凜々《りり》しく、刀剣のように鋭い瞳に浮かぶ光は複雑にゆらめき、まるでオパールのようであった。

懐かしさと……同情……強い意志、かなぁ。

でもどうして、俺をそんな目で見るんだろう？

心の中で分析はするが、その理由を直接漣に確かめたことはない。

「ねぇ、千尋くん、千尋くんったら！」

「……え？　なに？」

上の空でいた千尋の腕が、江口に揺さぶられる。

「だからぁ、肝試し。行くよね？」

甘えた声。誘うような視線を向けられたが、それでも千尋は頭をふった。

「ごめん。俺、今日は誕生日だから、早く家に帰らないといけないんだ」

「誕生日なの！　だったらもっと前に言ってよぉ。プレゼントを用意して、お祝いするのに。そうだ、今からでも間にあうから、肝試しは後にして、晩ごはん、いっしょに食べよう。……ふたりきりで。ね？」

ねっとりした口調で言うと、千尋の返事も聞かずに江口がスマホを手にして、店の検索をはじめる。

「ごめん、本当に駄目なんだ。母親から今日だけは、なにがあっても授業が終わったら、まっすぐ家に帰れって言われてるんだ」

「……えぇ……。そんな約束、破っちゃおうよ。二十歳《はたち》になったんだし、もうこどもじゃないんだから」

盛りあがった気分に水をさされ、不満そうに江口が唇を尖《とが》らせた。

そんな江口をなだめるため、千尋は更に説明を続ける。

「ごめんね。二十歳の誕生日は特別だからって、こどもの時から言われてるんだ。どうしてか、理由は教えてくれないんだけどさ」

千尋の決意が固いとわかると、江口はするりと千尋の手を取り、小指に小指を絡めた。

「じゃあ、かわりに月曜日。月曜日にお祝いしようね。約束」

「みんなといっしょならいいよ」

条件つきで千尋がうなずくと、江口は軽く眉をよせた。

それから気を取り直したようにスマホで店の検索を再開する。

昼休みも終わる頃になり、次の教室へ移動しようと千尋が腰をあげた時、首にかけていたペンダントの鎖が切れ、ペンダントヘッドが床に落ちた。

シルバーの枠にオニキスがセットされた円形のそれは、昨年の誕生日に母親の梓《あずさ》からプレゼントされたものだ。

「あぁ……。やっちゃった……」

かがんだところで横から素早く手が伸びて、ペンダントヘッドを先に拾った。

「鶴来、ありがとう」

ペンダントヘッドを拾った漣に礼を言い、千尋が手を出す。けれども、漣はそれを渡そうとしなかった。

「……護符も限界、か」

「え？」

小さなつぶやきを聞きとがめたが、漣は答えない。答えるかわりに、首にかけていたペンダントを外すと、千尋のペンダントヘッドをチェーンに通しはじめた。

「なにしてんの？」

「チェーンが切れたんでしょう？　これ、プレゼントしますよ。先輩、今日が誕生日なんですよね」

「でも……」

漣は後輩とはいえ、プレゼントのやりとりをするほど仲がいいわけではない。

それだけに、千尋は「ありがとう」と素直に贈り物を受け取れなかった。

「いいから」

控えめで普段は自己主張をしないのに、今日に限って漣は強引に千尋の首にペンダントをかけてしまう。

「いらなかったら後で返してくれればいいです。ただ、今日家に帰るまで、これをしていてください。首にかけるのが嫌だったら、ポケットに入れておくだけでもいいです」

「……うん……。わかった」

五センチほど高い場所にある漣の顔を見あげながら、千尋がうなずく。

漣の迫力に気圧《けお》されて受け取ってしまったが、首にかけられた剣の形をしたペンダントヘッドが肌にしっくり馴染《なじ》んだのも、うなずいた理由であった。

デザインも似ているし、くれるって言うんだから、もらっておくか。

「ありがとう」

笑顔を向けると、漣が困り顔になる。ぶっきら棒に「どういたしまして」と返すと、くるりと千尋に背を向け、カフェを出て行った。

「……親切なんだけど、素っ気ないんだよなぁ……」

肩をすくめてひとりごちると、千尋も漣の後を追うようにカフェを出た。

それから、授業が終わり、ケーキを買って家に帰ると母親の梓のかわりに、知り合いの医者、荒木凪が千尋を出迎えた。

「ただいま。あれ、荒木さん……。こんばんは。今日はどうしたんですか？」

「こんばんは。今日は千尋ちゃんの誕生日だろう？　だから迎えにきたんだ」

「迎え……？」

いぶかしむ千尋の前に、憔悴《しょうすい》した顔の梓が現れた。

……夜勤明けでもないのに、母さん、ずいぶん疲れているみたいだ。どうしたんだろう？

「おかえり、千尋。あら、ケーキを買ってきたの？」

「荒木さんがくるって知らなかったから、小さいのにしちゃったよ。メールしてくれたらもうワンサイズ大きいのを買ったのに」

千尋からケーキを受け取りながら、梓は心ここにあらずといった顔で凪を見た。

「突然で悪いけど、千尋ちゃんには、これから俺の故郷にきてもらう」

一歩前へ進み出た凪が、まだ玄関に立ったままの千尋の肩を抱く。

まるで、絶対に逃がさないとでも言うように。

「どうしてですか？」

「俺と千尋ちゃんが結婚する……って話をするためだよ」

「へ？」

まぬけな驚きの声をあげた千尋の目を凪の手が覆った。

「しばらくおやすみ、千尋ちゃん」

「……あ……」

目の前が暗くなり、優しい声が聞こえた。次の瞬間、千尋は意識を失っていた。

　そして、次に目覚めた時、千尋は空中にいた。

　といっても、自分で空を飛んでいたのではない。ヘリコプターの後部座席に座っていたのだ。隣に固い表情をした梓がおり、凪は操縦席の隣にいた。

「母さん……」

「千尋、目が覚めた？」

「うん……。これ、ヘリコプター……だよね。どこに向かってるの？」

「鶴来村だよ、千尋ちゃん。もうじき到着する。窓から外を見てごらん。島が見えるだろう？　あそこだ」

　話し声に千尋が目覚めたとわかったか、凪が話に割り込んできた。半分寝ぼけていた千尋は、凪の言葉に従い窓から外を見て、完全に目が覚めた。

「海……。マジ？　なんで⁉」

　窓の外は真っ暗であったが、月の姿を映した海面が見える。千尋がガラスに顔を押しつけ、ヘリコプターの進む方を見ると、海中にぽっかりと島が浮かんでいた。

　五分もしないうちに、ヘリコプターは島の端にあるヘリポートに着陸した。

　千尋と梓、そして凪が地面におり立ち、パイロットが最後におりた。ヘルメットを脱いだパイロットの顔を見て、千尋が驚きの声をあげる。

「おまえは、鶴来⁉　あ、この村の名前って……」

「そう、俺はここの出身です」

キャンパスと同じように、素っ気ない声で漣が返した。

「ちなみに、俺と従兄弟なんだよ、千尋ちゃん」

「従兄弟ぉ⁉」

漣の肩を抱きよせながら、凪がいたずらっこのような顔で笑った。

ふたつ並んだ顔を、千尋はためつすがめつ見てしまう。

「俺の母親と漣の父親が姉弟なんだ。あと従兄弟はもうひとりいて……あぁ、きたな」

話しながら凪が手をふった。

「照！」

着物を身につけた二十五、六歳の青年が出迎えにきており、千尋に向かって頭をさげる。

「鶴来照といいます。はじめまして、千尋くん」

照は穏やかでゆっくりとした喋《しゃべ》り方をした。その挙措からは年に似あわぬ落ち着きと威厳が感じられる。

「まずは私の家へ。話はそれからにしましょう」

照が、梓と千尋に春の陽ざしのような笑顔を向ける。

凪や漣に負けず劣らず、照もかなり人目を惹《ひ》く容貌《ようぼう》の美青年であった。

照の身長は漣とほとんどかわらず、千尋より五センチほど背が高かった。

やや古風な印象の端整な顔立ちで、すらりとした体に着物がとてもよく似あっている。長く艶《つや》やかな髪をゆるやかに束ねた姿は、華道か茶道の師範のようでもあった。

若武者のような雰囲気の漣と、くだけたハンサムの凪と、雅《みやび》やかな照と。この三人が並ぶとかなり壮観な眺めとなった。

「なんか、別世界……」

自身も女顔の美形であったが、千尋は他人事《ひとごと》のようにつぶやく。

その三人の後を歩きつつ、千尋はふと、意識を失う前に聞いた、凪の不可解な発言を思い出していた。

「母さん」

「なに？」

鋭い声で梓が返事をする。いつもより気持ちが尖っているようで、しかも梓はそれを隠そうともしなかった。

らしくないなぁ……。なんでだろう。

そう思いつつ、千尋は口を開く。

「さっき、荒木さんが、俺と結婚するって言ってなかった？　男どうしで結婚なんて、おかしくない？」

「それは、もうすぐあの人たちが説明してくれるわよ」

「ふうん……」

答えを先送りされ、しかたなしに千尋は足元に目を向けた。梓がこういう話し方をする時は、絶対になにも言わない。そのことを千尋はよくわかっている。

舗装されていない砂利道、両側には森が広がり濃い影を落としている。人の気配はもちろんなく、遠くで悲鳴のように動物の鳴き声がしていた。

気がつけば、月は雲に覆われていた。いっそう周囲が暗くなり、動物の気配を木立から感じる。

ふいに千尋は、自分が捕食者に狙われている草食動物のような気分になった。

木々の陰には虎《とら》やライオンのような大型の肉食獣がいて、いつ自分に飛びかかろうか、そのタイミングを計っている。そんな幻想が浮かんだ。

なにか……この島、変だな。母さんが落ち着いてるからいいけど、俺ひとりだったら、かなりびびってたかも。

知らない場所にいきなり連れてこられて、しかもそこは海に浮かぶ孤島で。おまけに、黒々とした森からは、濃厚な動物の気配が漂っているのだ。

不安がひたひたと潮のように満ちてゆく。それを押し殺しながら、千尋は歩き続けた。

そのうちに木立が途切れた。視界が開け、大きな平屋建ての家屋が姿を現した。

「……これは……」

奇妙な建物だった。神社のような寺院のような、旧家の豪邸のような。

今まで千尋が見たことがない雰囲気の建物であった。

敷地は小学校のグラウンドほどで、母屋の他に、馬小屋や納屋、それに蔵が並んでいた。

目的地はくだんの奇妙な母屋で、正面の玄関から中に入る。

長い長い入り組んだ廊下を歩いた後で、二十畳ほどの板敷きの部屋に通された。

かなりの広さがあるにもかかわらず、部屋には大きな神棚があるだけで、それ以外に目立った調度品は一切なかった。

床の上には絹布で縁を囲った井草の座布団がコの字に六つ置いてある。

神棚を背にしてひとつ。その正面にふたつ。間に縦にみっつ。

千尋と梓はふたつ並んだ座布団に座るよう照に促される。

千尋から見て左側、縦にみっつ並んだ座布団に手前から漣、凪、照の順に腰をおろした。

部屋は独特の張りつめた空気に満ちていて、千尋は声を出すのもはばかられた。

「すぐに、当主が参りますから」

照が穏やかでほっとするような笑顔を千尋に向ける。まるで計ったかのようなタイミングで、照の背後に置かれた几帳《きちょう》の陰から壮年の男性が現れた。

「梓殿、久しいな」

外貌より若々しく、朗々と張りのある声だった。

そう声をかけると、男は最後に残った座布団に腰をおろす。

「ご無沙汰《ぶさた》しております、鶴来様」

かしこまった声で梓が返し、深々と礼をする。

ふたりのやりとりを聞いて、千尋はあっけにとられた。

なんだぁ、この時代がかった会話は？　母さんもそれが当然って顔だし……。

思わず吹き出しそうになったが、それを許さない雰囲気がある。

おまけに、漣から鋭い視線を向けられてしまい、千尋は唇を固く引き結んで耐える以外ない。

「初めまして……になるな、千尋殿。私はこの島に住む鶴来一族の族長で、鶴来稔彦《としひこ》という」

「は、初めまして」

稔彦と名乗った男に、慌てて千尋も挨拶《あいさつ》を返した。

族長は千尋にうなずいてみせると、次に漣たち三人にまなざしを向けた。

「そして、そこに居る三人の叔父《おじ》でもある。さて、今日、千尋殿をこの島に招いたのは、他でもない、千尋殿にこの三人の中から、婚約者を選んでもらうためだ」

「こ、婚約者ぁ!?　あの、でも、俺もこの人たちも、全員男ですよ？　冗談はやめてください」

「冗談じゃないの、千尋。二十歳になったら、鶴来一族の者からひとり、あなたの婚約者を選ぶ。それがあなたが産まれる前に、私が約束したことなの。あなたと私の身柄を保護してもらう代償にね」

冗談にしたい千尋に、梓が真剣な声で言い添えた。

「マジかよ！　……母さんは、なんだってそんな約束をしたんだよ!?　百歩譲ってそれが本当だったとして、どうして男が婚約者なわけ。婚約者ってことは結婚相手だよな？　男どうしで結婚だなんて、そんなこと、日本の法律で不可能じゃないか」

つらそうな顔でうつむく梓を、千尋が早口で責めたてる。

千尋は冗談だと思いたかった。けれども、この場にいる全員の真剣なようすを見れば、これが真実というのは、嫌でも察せられた。

だからこそ、千尋は信じられない約束をした母親を責めたのだ。

そんなふたりのやりとりを見ていた族長が、苦虫を噛《か》み潰《つぶ》したような顔をする。

「……千尋殿には、なにも教えていないのかね？」

「申し訳ございません。鶴来様にはご不快なことでしょうが、千尋にはなにも知らせず、普通の生活をさせてやりたかったのです。荒木さんや漣くんにもご協力いただいて……。

すべて、私のわがままです。本当に申し訳ございませんでした」

しおらしく稔彦に謝る梓を見るうちに、千尋はなにか――この冗談のような状況に――理由があることに気づいた。

それはおそらく千尋にとって不愉快な、とてもまともとは言えないものである、ということも。

梓の謝罪を受け、稔彦が、ほう、と大きく息を吐いた。

「しょうがない。順を追って説明しよう。まず、千尋殿。ここは日本ではない」

「え!? じゃあ、外国なんですか?」

「外国……でもない。いわゆる日本海に浮かぶ孤島だ。だが、日本政府の支配は受けておらず、もちろん、地図にも載っていない。我ら住人に戸籍はない。それゆえに、日本の法律には縛られず、男どうしの婚姻も認められる。そういうわけだ」

「まさかぁ。俺のこと、からかってるんです……よね?」

稔彦の語る絵空事のような話に、千尋は笑うしかない気分だった。

威厳も重厚さも兼ね備えた稔彦のような男が、大真面目《まじめ》な顔で語る内容とは、とても思えなかったからだ。

「千尋。認めたくないのはわかるけど、鶴来様の話をきちんと聞いてちょうだい。聞いて、そして受け入れるの。たとえ、……あなたにとって、それが認めがたいものであっても」

静かな声で梓が千尋をたしなめた。腹をくくれ、と言いたいのだろうが、こんな突拍子もない話を千尋は「はい、そうですか」と受け入れることなどできない。

「でもさ、そんなの」

「いい加減にしたらどうですか、加賀見先輩」

なおも梓に言い返そうとした千尋に、漣の鋭い声が飛んだ。

「黙って話を聞いてください。……大人気ない」

「なっ‼」

神経を逆なでする言葉に、千尋が息を飲んだ。

漣の無表情な顔を睨《にら》みつけ、反論しようとしたところで、今度は凪が口を挟む。

「まぁまぁ、千尋ちゃん。びっくりする気持ちもわかるけど、ここはまず、黙って話を聞いてくれないか？　あと、漣。おまえの言い方もきつすぎだ」

「すみませんでした」

凪に注意され、漣が素直に謝る。こうなると千尋もおとなしく話を聞くしかなくなった。

「……わかったよ……。すみません、鶴来さん。話を続けてください」

こうまで言われたら、どうにでもなれっていうんだ。どうせ、話を全部聞かなきゃいけないんだし。どんな荒唐無稽《こうとうむけい》な話が飛び出すか、いっそ楽しんでやる。

開き直った千尋が稔彦を見据えた。

「この島に住む人間は、みな、同じ一族の者だ。遠い昔、遠い場所で、勢力争いに敗れた者の一部がこの島まで逃げ延びてきた」

平家の落人《おちうど》みたいなもんか、と千尋は見当をつける。

「我ら一族はもともと呪術《じゅじゅつ》を生業《なりわい》としていた」

呪術だって？　幽霊以上に非科学的この上ないな。……なんだって母さんはこんな話を黙って聞けなんて言うんだ？

「時代、時代ごとに権力者やそれに対立する勢力に力を貸し、その代償にこの島と我らに手出しをしないことを約束させてきた。そして、我らと同じような存在は、他にも幾つもある。そのひとつが加賀見一族。千尋殿、そなたの属する一族でもある」

「俺？」

「そうだ。もとは同じ一族だったというが、戦に敗れ、逃げるうちに別れ別れとなった。そう伝えられている」

「……」

「今でこそ多少は交流するようになったが、関係は芳しくない。はっきり言えば、犬猿の仲だ」

「犬猿の仲なのに、どうして男どうしで婚約なんて話になるんですか？」

「そなたが特別だからだ。千尋殿」

重々しい声で告げた稔彦の眼が、妖《あや》しい光を放った。

「加賀見一族の場合、その能力は主に女に現れる。しかし、極まれに男にも能力者が産まれる。そうした者は、ずば抜けて高い能力を有するのだ。……そして、そなたもそのひとりなのだよ、千尋殿」

蜘蛛《くも》の糸のように粘ついた稔彦の視線が千尋を捕らえる。それは、この屋敷に向かう途中に感じた視線とよく似ていた。

怖い。なんだかわからないけど、この人、すごく……。

背筋にひやりとしたものを感じながら、千尋が口を開く。

「……でも、俺にはなんの能力もありませんよ。霊感とか一切ないし。第一、そういうの、俺は信じていません」

「それは、我らがそなたの能力を封印していたからだ」

「封印……？　どうしてですか？」

「そなたを身ごもった梓殿は、理由《わけ》あって加賀見から逃げる必要があった。そこで、我ら鶴来に助けを求めたのよ。産まれてくる赤子が男の、しかも能力者であることはわかっていた。だから、加賀見や他の者どもに奪われぬよう、そなたの能力を封印することにした。……相応の、代価と引き換えに」

稔彦が言い終えると同時に梓が鋭く息を飲んだ。すがるような目で千尋を見る。

「その代価というのは、産まれた赤子が成人した暁には、我ら一族の誰かに娶《めと》らせる、ということだ。この封印をほどこさねば、そなたは一日たりといえども平穏な日を送ることはできなかったであろう。おわかりかな、千尋殿。そなたが我ら一族のものであるということを。約束を違《たが》えることは許されぬ。それゆえに、この場にいる三人の中から、つがう相手を選ぶのだ」

「ちょ、ちょっと待ってくださいよ。つがうって……その……」

それは俺に、こいつらの誰かとセックスしろってことか？　俺は男で、こいつらも男だっていうのに？　そんな馬鹿な。

俺に能力があるとか、封印とか、いや、そもそもこの人を信じてないのに、そんな命令、従えるわけないじゃないか!!

心の中で怒鳴りつつ、千尋はこの場にいる婚約者候補を順に見やった。全員、神妙な顔をしており、千尋の婚約者となることに、異存はないようだった。

「……ちょっと……」

こいつら全員、本気なのか!?

千尋は、かなりのっぴきならない状況に置かれていることを理解した。逃げようとしたところで、相手は四人。しかもここは海に浮かぶ孤島で、逃げ出しようがない。

このままだと、俺、男の婚約者ができる上、そいつとやらなきゃいけないのか!?

「母さん……」

助けを求め、千尋が梓に手を伸ばす。梓は目を真っ赤にして千尋の手を握り返した。

「ごめんね、千尋。……本当にごめんなさい。勝手に決めてしまって。でも、あの時はこうする以外、方法がなかったの」

「そんな、母さん……」

声を殺して梓が涙を流した。

凍りついたように時が止まったが、稔彦の声がその静寂を破る。

「梓殿、話は終わりました。我らは退出するとしましょう」

「はい……」

稔彦にうながされ、うなだれた梓が立ちあがる。

ふたりの姿が几帳の奥に消え、後には千尋と三人の美形が残された。

「そういうわけです、千尋くん」

その場を代表するように、照が口を開いた。

照が腰をあげ、虚脱のあまり身動きできない千尋に手をさし伸べる。

「さぁ、こちらに。千尋くんのために用意した部屋に案内します。そちらで話をしませんか？」

「……はぁ……」

優しげな声に誘《いざな》われ、立ちあがろうとした千尋の腕を凪が支えた。

「千尋ちゃん、今日は突然のことで疲れただろう？　そうだ、お腹はすいてないかい？」

「いえ……。あの、飲み物をもらえますか？　喉《のど》が渇いちゃって」

「了解。すぐに用意させよう」

千尋の背中を支えながら、凪がまるで女をたらしこむようなまなざしを向け、甘ったるい声をかける。

「抜け駆けですか、凪。穏やかじゃないね」

にこやかに、しかしどこか背筋が寒くなるような気配を漂わせながら、やんわりと照が釘《くぎ》を刺す。

いきなり自分を中心に、取りあいのような状況——しかも相手は全員男だ——となり、千尋はとまどってしまう。

この人たちって、従兄弟どうし……なんだよね。そのわりには、あんまり仲良くないみたいだけど……。

燭台《しょくだい》を持った照の先導で、四人が長く入り組んだ廊下を歩く。

千尋は困惑しつつ、おずおずと足を運んだ。

なんか、見た目よりこの家、広い……？　二回も角を曲がったし、途中で分かれ道みたいになってるし。まるで、迷路だ。

不自然なほど延々と廊下が続き、その後も二回ほど角を曲がった。

そっと千尋がふり返ると、前も後ろもまったく同じ光景だった。まるで、自分がエッシャーのだまし絵の世界に紛れ込んでしまったような、そんな錯覚を覚える。

もし、ひとりでさっきの部屋に戻れって言われたら、とてもじゃないけど戻れないな。

千尋がそんなことを考えるうちに、照が足を止めた。

「着きました。ここが千尋くんの部屋です」

照がふすまを開く。千尋に与えられた部屋は畳敷きの和室で、老舗《しにせ》旅館の宿泊室のようであった。

広さは八畳ほどで、文机《ふづくえ》に鏡台、衝立《ついたて》、茶簞笥《ちゃだんす》と座卓があった。どれも、今時は旧家か博物館、テレビか映画の中でしか見られないようなレトロなデザインだ。

とはいえ、どれも真新しく、座卓の前に置かれた座布団もふっくらしていて、座り心地も良さそうだ。

「とりあえず必要と思われる物は私が用意しました。なにか欲しい物があったら、遠慮なく言ってくださいね」

「あ、ありがとうございます」

にこやかに微笑《ほほえ》む照に、千尋が慌てて頭をさげる。

「この部屋は居間として使ってください。寝室はこちらです」

照が部屋の奥のふすまを開けると、手前の部屋よりひと回り小さな部屋が続いていた。

「漣」

照に名を呼ばれ、漣が千尋の背後に音もなく立った。おもむろに両肩を強い力でつかまれたかと思うと、奥の間に向かって背中を押される。

「な、なに？」

驚く間もなく、千尋は小部屋に敷かれた布団に押し倒されてしまった。

「そのまま押さえていなさい。凪は淫虫《いんちゅう》の用意を」

穏やかに、しかし無視できぬ威厳を含んだ声で照が命じた。漣は照の命令に従い、そのまま千尋に覆い被《かぶ》さる。

漣は千尋の太腿《ふともも》に馬乗りになると、千尋の両の手首をつかんで布団に押しつけた。

「押さえてろって……わっ。なにすんだよ、鶴来、離せ、離せってば」

千尋は漣を跳ねのけようとするが、手首と脚の両方を押さえられては、どうすることもできない。

その間に、照は手燭の明かりを燭台に移している。凪もまた、メガネを外し、上着を脱ぎ、千尋の枕元《まくらもと》にひざまずいた。

「普通、これは男には効かない。……だが、千尋ちゃんなら、効くかもしれないな」

千尋の耳元に顔をよせ、凪が甘い声で囁《ささや》く。吹きかかる息がくすぐったくて、千尋が肩をすくめた。

「どうして、男に効かないものが、俺には効くかもしれないんですか？」

「それは、千尋ちゃんが万華鏡の力の持ち主だからさ」

「万華鏡……？　あの、玩具《おもちゃ》の？」

「違う。……いずれ知る時はくるけど、まだその時じゃない。今は、楽しむ時間だよ」

耳たぶを舐《な》めたかと思うと、凪の唇が千尋の唇を捕らえた。

「……え⁉」

とまどう間もなく、柔らかな肉が唇を割る。なにか固い物が舌に触れた、と思った瞬間、それは綿飴《わたあめ》のように儚《はかな》く口の中で溶けてゆく。

なに……？

謎《なぞ》の物体に味はなかった。いや、かすかに舌が痺《しび》れる感覚がある。舌先を歯列に押し当て、千尋は他に異変がないかを探った。

変なところはない……みたいだな。

安堵の吐息をついた瞬間、漣につかまれた手首に異変が生じた。

漣がなにかしたのではない。ただ押さえているだけだ。それなのに、まるで性器を撫《な》でられているかのような快感を皮膚が訴えてくる。

「あぁ……っ」

千尋の唇からあえぎ声が漏れる。

どうしたっていうんだ、俺の体。こんな……、手首をつかまれているだけで、こんなに感じるなんて……っ。

内心でひとりごちる間に、手首だけではなく、太腿に伝わる漣の体温にまで体が反応しはじめた。

「や、やだ。なんで、急にこんな……っ‼」

漣の下で千尋が身を捩《よじ》った。その拍子に肌が服と擦《こす》れ、それだけの刺激に体がもっと熱くなってしまう。

「あ、あぁ……っ」

甘い声を漏らし、体を震わせる千尋を見て、凪が口笛を吹く。

「成功だ。良かったな、千尋ちゃん。これでこれからの行為のつらさが、半分になる」

「つらさが……半分？」

潤みはじめた瞳で声のした方を向くと、いつの間にか衣服を脱いで裸になった凪と照のふたりが見えた。

「！　どうして服を脱いでるんですか⁉」

「もちろん、婚約者選びのためです。体の相性がわかれば、千尋くんも三人のうちからひとりを選びやすくなるでしょう？　さぁ漣、そこをどいてください」

「わかった」

照の命令に従い、漣が千尋から離れた。炎が揺れ、漣の顔に濃い影を作る。そのまなざしは、あの、いつもの複雑な光を湛えていた。

……なんだってんだよ、畜生！　憐《あわ》れんでるのか、俺を？　だったらここから助け出してくれってんだ!!

立ちあがった漣を押しのけ、照が千尋にのしかかってきた。

三人の中で一番細身の照だが、それでも感じる体の重さは男のものだ。

「ん……っ」

顎を持ちあげられ、唇が重なる。

それが、闇《やみ》の宴のはじまりとなった。

蠟燭《ろうそく》の燃える臭《にお》いとゆらめく炎。閉め切った部屋に満ちる湿った空気。そして、ひそやかなあえぎ声。

主に漣の手により、千尋は着ていた服を脱がされた。ただ、首にかけたペンダントだけが、千尋が身にまとう唯一の物となった。

その間中、照に唇や乳首を嬲《なぶ》られ、凪にはすんなり伸びたふくらはぎや引き締まった太腿、そして淡い蔭《かげ》りに覆われた股間《こかん》を愛撫《あいぶ》された。

「う……んっ。あ……」

目尻《めじり》から涙を伝わせながら、千尋が頭をのけぞらせた。宙を泳いだ後頭部は、背後から千尋を抱きかかえる漣の肩に受け止められる。

「先輩……」

いつもの冷たい声からは想像できないほど、漣の肌は熱かった。

劣情に染まった掠《かす》れ声が耳元で囁くと、それだけで千尋の肌に震えが走る。

唇を半開きにして口づけをねだると、それは簡単に与えられた。突き出した舌に漣の舌が触れ、そして唇が塞がれる。

「んっ、ん……っ」

肌が粟立《あわだ》ち、つかまるものが欲しくて手をさまよわせると、それは乳首を撫でる照の手が受け止めた。照は布団に膝《ひざ》をついて千尋の乳首を甘噛みしている。

「あぁっ」

さきほどから撫でられ、舐《ねぶ》られ、吸われ続けた乳首はすっかり硬く尖っている。

胸元に残る吸い跡が、白い肌に花びらのように散っていた。

淡い茶色の乳輪は、わずかな刺激にも反応して、千尋の下腹部に血液を送り込む。

そして流れた血液は、凪の手によって受け止められた。

硬く張りつめた陰茎。真っ赤に充血しきった先端は濡《ぬ》れて、てらてらと淫靡《いんび》な光を放っている。

「もうわかっただろう、千尋ちゃん。淫虫の効果を。どんなに嫌でも触られるだけで感じて、もっと強い刺激が欲しくなる。そういう術なんだ」

すっかり快楽の虜《とりこ》となった千尋に対し、後孔に口づけながら凪が語りかける。

確かに、千尋の体は凪の言葉通りに変化していた。

皮膚と肉の間に、無数の虫がもぐりこんでいるかのようだった。それは、男の手や唇や皮膚に触れると、いっせいにそこめがけて集まる。

集まった虫たちは男の熱に反応し、皮膚の下で喜びに身もだえするようにうごめく。

虫たちの動きは、そのまま千尋の快楽に直結している。千尋の中で熱を煽《あお》り、肌を粟立たせ、体を昂《たか》ぶらせ、そして思考力を奪う。

そうして千尋は、貪欲《どんよく》に快感を求める獣となった。

太腿が大きく開かされ、蜜《みつ》のように粘つく液体が注がれる。陰茎を伝い、温められた粘液は、そのまま滑らかな肌を侵しながら後孔に達する。

「やっ……あぁっ……」

男の肌に触れなくとも、千尋はすべての刺激に反応する体になり果てていた。

液体の愛撫にすら感じて、あえぎ声を出す。

身を捩る千尋の中に、粘液で濡れた凪の指が侵入した。

「あっ!!」

体の中に男の熱を感じた。張りつめた先端は、それだけで青臭い液を吐き出し、震える肉筒は凪の指を締めつける。

射精により弛緩《しかん》するはずの体。だがしかし、達する前と同じように、いや、それ以上に首筋を辿《たど》る漣の唇を、乳首を舐める照の舌を、後孔をさぐる凪の指を感じて反応した。

なんで……こんな……。

快楽の淵《ふち》に沈んだ意識の隅で、千尋は自問自答する。

おかしい。こんなの、変だ。変なのに……。

そう思った瞬間、肌の下で虫が激しくうごめいた。

千尋が疑問を抱くことを封じるように。

虫の懸命な努力が実り、後には、快楽を欲する獣の心だけが残される。

「はぁっ。あ……っ。んっ……っ」

男たちの手指の動きに千尋が絶え間なく声をあげる。

既に白い肌はじっとりと汗ばみ、薄紅に染まっていた。

「さて、と。こっちはいけそうだ。そっちはどうだ？」

「私はもうすぐ」

「俺は……まだだ」

意識を混濁させた千尋の頭上で三人が言葉を交わす。

「じゃあ、一番は俺か。……ごめんね、千尋ちゃん」

まったく悪びれない声で言うと、凪が千尋を布団にうつぶせに横たえた。

「腰をあげて、そこに四つん這《ば》いになって。そしたら、もっと気持ち良くなるから」

「もっ……と……？」

腰に触れた手にさえ快感を覚えながら、千尋がつたない口ぶりで凪に尋ねる。いつの間にか、照と漣は布団から退《ど》いていた。

「そうそう。指なんか比べものにならない快感を約束するよ」

「…………する」

凪の猫撫で声にいとけない表情で答えると、千尋はゆっくりと獣の姿勢を取る。

ペンダントが胸元で揺れ、金属が擦れて小さな音をたてた。

そして、熱い手が腰に触れた。腰を高く掲げられ、硬い楔《くさび》が襞《ひだ》に押しつけられる。

「んんっ」

それだけで、身を捩るほどの快楽だった。

瞬く間に血液が股間に集まり、ぎりぎりと千尋を追いつめる。

気持ち……いいっ……。

そり返った肉棒がすぼまりをこじ開け、ゆっくりと侵入してくる。

慣らしが十分だったせいか、この世のものではないモノの助け故か、挿入に伴うはずの痛みは、まったくない。

硬く熱い楔が襞を押し広げてゆく。

陰茎に触れた場所が、痺れ、熱を持ち、肉の快楽にざわめいた。

「荒木……さんっ！」

これまでを更に上まわる快感に、千尋は目を閉じ、のけぞった。

熱くて硬いのが、俺の中に入って……すごい、気持ちいい……っ。

千尋が布団に爪《つめ》をたてた時、凪の楔が最奥に至った。充実した肉をより深く味わいたいと言わんばかりに、千尋が淫《みだ》らに腰をゆらめかす。

「んっ、ん……っ」

もっと密着すれば、もっと気持ち良く、なる。

更なる熱を求めて、体中の淫虫がざわざわと音をたてながら粘膜に集まった。

欲望に支配されるまま、千尋は貪欲に楔を締めあげた。

「そんなふうに締めつけちゃ、俺が動けないよ、千尋ちゃん」

すっかり汗に濡れた千尋の背筋を、凪の指先がいたずらするように辿りはじめる。

「あっ……んっ……っ」

「動いたら、千尋ちゃんはもっと気持ち良くなるんだ。……いいこだから、力を抜いて」

「う……うん……」

これ以上の快感を約束されて、渋々と千尋は下肢から力を抜いた。

そして、凪が腰を引き、楔を穿《うが》った。

「……っ!!」

抜かれて、擦れて。入れられ、満たされ。

千尋の中に潜んだ虫は、それがなによりのご馳走《ちそう》のようだった。

これまで以上に激しくうごめき、千尋の唇から堪《たま》らず声が漏れた。

「あぁっ。あ、あぁあ……」

まるで、悲鳴のような声をあげつつ、千尋の肘《ひじ》が崩れ、上半身が布団に沈んだ。凪が軽く舌打ちし、動きを止める。

「誰か、千尋ちゃんを支えてくれ」

漣が畳に落ちた千尋の手を取り、上半身を起こした。漣が膝をつき、太腿に千尋の頭をのせ、手で両わきを支える。

「うぅ……」

律動が止《や》み、千尋が顔をあげると、目の前に勃《た》ちかけの男性器があった。

欲しい。

後孔を犯され、昂ぶった体が、漣の陰茎に欲情した。

無意識に舌舐めずりすると、千尋は目の前の体に両腕を回し、それを口に含んだ。

「うっ」

頭上でうめき声がして、口の中で肉が溢《あふ》れんばかりに大きくなった。

唇を塞ぐ肉棒。その強さとたくましさに心が――いや、虫に支配された意識が――弾む。

今まで一度も同性の性器を舐めたことは、いや、舐めたいと思ったことすらなかったというのに、千尋は娼婦《しょうふ》のような顔でそれを口いっぱいに頰張《ほおば》った。

「っ。……先輩……っ」

漣が苦しげに声を漏らした。すると、次の瞬間、凪が律動を再開した。

「あっ!!」

内部にゾクゾクと震えが走り、千尋の背中がしなった。

楔を穿たれるたび、全身に電流が流れ、息がつまり、下腹部が熱く火照《ほて》ってゆく。

溜まった血液は奔流となり、体内で千尋を猛烈に責めたてる。

もう駄目。もう限界だ。

そう思った瞬間、凪が腰を打ちつけた。それが引き金となって、声もなく千尋は二度目の射精に至る。

吐き出された液体は漣の膝を濡らし、布団を汚した。力が抜け、崩れかけた千尋の体を漣の腕が支える。

「まったく……」

つぶやいたかと思うと、そのまま漣は体をかがめ、千尋の両腕を己の肩にのせた。まるで、千尋にフェラチオをさせたくないとでもいうように。

そのかわり、千尋に口づけをしかけてくる。

「ふ……んっ。んんっ」

男に尻を責められながら、別の男とキスをする。

口で感じる肉の厚みは、勃起《ぼっき》した性器にはとても足りなかった。しかし、快感を得るには十分であった。

「はぁっ。あっ……。ん、ん……っ」

唇と尻の二箇所を責められ、千尋はどっぷりと肉欲に浸った。

後孔への刺激に背をそらせ、涙を流しながら、それでも千尋は夢中で漣の唇を吸いあげて、舌で舐めた。千尋が舌を突き出すと、漣が応じて舌を絡ませる。

湿った肉の交歓は、それだけで千尋の股間を昂ぶらせた。

「……そろそろ、いくぞ」

凪が千尋と舌を絡めていた漣に目配せする。

「あ……」

漣が無言で唇を離した。千尋が口寂しさに切ない声をあげた瞬間、凪が楔を深く突き立てる。

熱い飛沫《ひまつ》とともに、激痛が千尋を襲った。

「ひぃっ、あ、あぁ……っ！」

千尋の口から、絶叫があがった。

痛い、痛い痛い痛い、痛い……っ！

例えれば注射器で血を抜かれる時の感覚に似ていたが、その何倍もの痛みであった。

千尋が漣の肩と背中に爪をたてた。傷ついた皮膚から血が流れ、漣が眉をひそめる。

漣は肩にのった千尋の手を取り、痛みのあまり血の気の引いた手を優しく握った。

凪が射精を終えると、痛みは嘘《うそ》のように消えていた。

けれども、痛みの余韻が千尋の呼吸を止め、体を強張《こわば》らせている。

今のは……なんだ？　それに、体が急にだるくなって……。変だ、おかしい。

「千尋ちゃん、大丈夫か？」

陰茎を抜きつつ、凪が尋ねる。返事をするより先に入り口を擦られ、千尋は、感じたくないのに感じてしまった。

「んっ。っ……っ」

痛みがあってもなお反応し、甘い声を漏らした千尋に、凪が憐れみのまなざしを向ける。

「可哀想《かわいそう》になぁ……。でも、またすぐに気持ち良くなるから」

「またすぐ……？」

痛みと快楽がないまぜになった涙を流しつつ、舌足らずに千尋が答える。

その千尋の腰を今度は照の手がつかんだ。

「今度は、私の番です」

「え？　あっ……！」

声がした、と思うと凪の精液で濡れた秘部を照の男根が貫いた。

さきほどのふたりの情交を見て興奮したのか、照のそれは、既にかなり硬くなっている。

「はぁっ。ん、ん……っ‼」

突然、痛みが嘘のように引き、千尋の下肢は男に犯される快楽に染め抜かれた。

どんなに気持ち良くなっても、でも最後には、さっきみたいに痛くされるんだ。感じたくない。もう、こんなことは嫌だ。

「やめ……て、嫌。痛いの、やだ……」

後孔を犯されたその先にあるものを恐れ、千尋が懇願する。しかし、照は構わずに律動をはじめた。

照の肉棒に擦られるたびに内壁がざわつき、千尋はどうしようもなく快楽を覚える。

「イヤ……。こんな、あっ。ヤダ……っ」

熱い……。体の中が、熱くて、照さんのが当たって、すごく……あぁ、こんなに感じたくない！

漣の腕に支えられたまま、照に突かれるたび、千尋の下肢が跳ね、粘膜は陰茎にうねりながら絡みつく。

「……あんまりつらかったら、もう、なにも考えるな千尋ちゃん」

凪が千尋の髪を撫でながら、蜜のように甘く囁いた。

「考えなければ、楽になる。気持ちいいことに身を任せれば、恐怖や苦痛さえも、いつか快感にかわるから」

そうなのか、それは、本当にそうなのだろうか？

疑いはあったとしても、淫虫の奴隷となった千尋には、快感にあらがう術《すべ》は、もう、ない。凪の言葉にすがる以外に選択肢はなかった。

「う、うぅ……」

千尋が考えるのをやめ、快感に意識を集中する。固く目を閉じた千尋の頬を涙が伝った。その雫《しずく》を優しく拭《ぬぐ》ったのは、誰の手だったか。

陰茎から与えられる刺激に、意識を飛ばした千尋には、わかりようもなかった。

その後も、千尋は男の欲望を受け入れ、快感と痛みをかわるがわる注ぎ込まれた。

誰と、何回したのか。

それすら覚えていられないほど、千尋はくり返し、くり返し、三人の男に犯され続けたのであった。

すえた臭いのたちこめる寝間で、千尋は丸一日以上、眠り続けた。

目覚めた時には、翌々日の昼になっていた。

「……起きましたか？」

目を開けると、そこには心配そうな照の顔があった。

「俺は……。あれ？　声が……」

喋ろうとすると、喉がカラカラで声が出なかった。喉が渇ききって、まるで炎天下で全力疾走をした後のようである。

「丸一日以上、眠っていたんですよ。さぁ、白湯《さゆ》をどうぞ」

穏やかな笑みを浮かべながら、照が湯呑《ゆの》みをさし出す。上体を起こそうとした千尋の体がふらついた。すかさず照が手をさし伸べる。

「——あっ!!」

痛みと恐怖、そして強い快楽の記憶が蘇《よみがえ》り、千尋が照の腕を払いのけた。

肉のぶつかる鈍い音がして、千尋は布団の上で体を丸めた。

「触ら……ないで、ください……」

半泣きになって、千尋が訴えた。怯《おび》える千尋に、照が優しく語りかける。

「大丈夫ですよ。もう、あなたの体に淫虫はいません。ちゃんと凪が回収しました」

「……本当ですか……？」

「本当です。……ほら、私に触れられても、なんともないでしょう？」

亀のように体を丸めた千尋の背に、照がそっと手で触れた。

ほのかに熱を感じても、あの、ぞわりとした独特の感触は生じない。

良かった……。

ため息をつくと、千尋は照の手を借りて上体を起こした。改めて湯呑みを受け取り、中身を一息に飲み干した。

人心地がつき、ようやく千尋は自分が裸ではなく、浴衣《ゆかた》を着ていることに気がついた。

誰が浴衣を着せたんだろう？　たぶん、鶴来だな。あいつ、アレの最中も、なんやかんや他のふたりに便利に使われていたし。

漣の仏頂面を思い出すと、千尋はじょじょに日常を、普段の自分を取り戻していった。

「あの……その淫虫っていうのって……凪さんだけが使えるんですか？」

「あれですか？　あれでしたら、この村のある程度力の使える男ならば、みな体内に飼っていますすよ」

「飼う……？　照さんも？」

「はい」

照の答えに千尋は視線を布団に落とした。

信じたくないけど、母さんや稔彦って人の言っていたことは本当なんだ。

呪術なんて馬鹿馬鹿しいと思っていた。だけど、荒木さんにキスされてから、俺の体はおかしくなった。同性に触れられ、貫かれて、あんなに感じて……。

あれを呪《のろ》いと言わずなんと言うのか。

千尋が無意識に胸元のペンダントを——まるでお守りのように——握り締める。

「……そうだ、母さんは？　俺の母親は、どうしましたか？」

「残念ながら、加賀見さんはもう帰られました。昨日、この島を出発されましたが、千尋くんのことを、とても心配されていましたよ」

「そうですか……」

これで、俺は、この島にひとりぼっちか。

母の不在に千尋は落胆した。どうしようもない心細さに襲われる。

「寂しいのですね、千尋くん」

「え……？」

「それはそうですね。初めてきた場所に、お母様と離れて、たったひとりで残されたのでは……。大丈夫、私は君の味方です」

優しく力強い声だった。それは、砂地に水が吸い込むように、寂しさに震えていた千尋の心に染みてゆく。

照の腕が千尋の肩に回った。照が千尋を抱きよせる。

まだ照に対して——苦痛と快楽にか——恐怖があったが、人恋しさが勝り、千尋は照を拒まなかった。

照さんって、優しいんだな……。いっしょにいると、安心する……。

欲しい時に欲しいものを与えられ、千尋が少しだけ照に心を開いた。

「照さん、あの……。俺、ちょっと外に出たいんですけど」

「外に？　それは駄目です」

千尋が気安く口にした願いに、予想外に厳しい声が返ってくる。その声に含まれた険しさに、千尋の体が強張った。

「すみません、駄目だったらいいんです。ただ、俺、ちょっと外の……新鮮な空気が吸いたくなっただけで……」

照の怒りの理由がわからず、おもねるようにぎこちない造り笑いを浮かべる。

千尋が怯えたことに気づいたか、照が険しい表情を和らげた。

「この部屋は空気が濁っていますし、そう思うのも当然ですね。千尋くんの体調が心配だったから、私もちょっとキツイ言い方をしてしまいました。すみません」

小さなこどもにするように、穏やかな口調で謝罪すると、照が「さて」と言って立ちあがった。

「食事の膳《ぜん》をこちらに運ばせます。ちょうど昼時ですし、いっしょに食べましょう」

そう言って照は寝間を出て行った。残された千尋は、その間に着替えをすませた。

先日、この島に連れてこられた時に着ていた服だ。下着も含めて、いつの間にか洗濯され、きちんと畳んで枕元に置いてあった。

自分の服に着替えた千尋は、寝間と居間、両方の雨戸を開けた。明るい太陽の光が目を射抜く。

千尋に与えられた部屋からは、庭がよく見えた。

よく手入れされた日本庭園を感心して眺めていると、華やかな柄シャツを着た凪が庭を横切る姿が目に入った。

「……そういえば、鶴来はどうしているかな？」

そうつぶやいた時、噂《うわさ》をすれば影、という言葉そのままに、照と漣が居間にやってくる。

大学で先輩後輩として接してきたせいか、肌を合わせた後で漣を見ると、照とは違う種類の恥ずかしさが込みあげてきた。

……いったい、どんな顔をすればいいんだろう？

とまどいを隠せない千尋に対し、漣はあまりにも以前とかわらなかった。

まるでなにもなかったかのように、相変わらずどこか冷たい、突き放したような態度のままだ。

座卓に用意された膳はふたり分しかなかった。千尋は照と向かいあって座りながら、部屋を出て行こうとした漣に問いかける。

「食事がふたり分しかないけど……。鶴来もいっしょに食べるんだよな？」

「俺はもうすませました」

「そっか。……じゃあまたな」

ふすまの閉まる音を聞きながら、千尋はどこか味気なさを覚えていた。

もっと笑うなりなんなり、親しみを見せてもいいもんじゃないか……？　まあ、前とかわらないのはいいいんだけど、でもそうじゃなくって……。もっとなんていうか、違う理由で……。

漣が自分に親しげにふるまって当たり前、と、千尋が考えるだけのなにかが、あの、四人の饗宴の最中にあったはずなのだ。

しかし、千尋が思い出そうと意識を集中すればするほど、その感覚は霧散してしまう。……思い出せないってことは、きっと、そんなに重要なことじゃないんだろう。……だけど、なんか気になるんだよなぁ。

まるで、喉の奥に刺さった小骨のようだった。

眉間《みけん》に皺《しわ》をよせて千尋が箸《はし》を手にすると、照が気遣わしげに口を開いた。

「千尋くん。あなたは、そんなに漣と食事をしたかったのですか？」

「……そういうわけじゃないんですけど……。気になることがあって……」

「気になること？」

「はい。それがなにかはわからないんですが……。考えようとすると、すうっと消えてしまって……」

千尋が身ぶりを交えて説明すると、照が眉をひそめてつぶやいた。

「漣が術をかけたか……。いや、そんなことをすれば、すぐにわかるはずだし……」

「え？　鶴来がどうかしましたか？」

「いいえ、どうもしません。千尋くんに元気がないのが心配なだけです。そうだ、食事が終わったらいっしょに散歩に行きましょう。さきほど、外の空気を吸いたいと言っていたでしょう？」

「いいんですか⁉」

「もちろん。私が言い出したのですから。……あぁ、いい笑顔になりましたね」

照の手が伸び、千尋の頰を包んだ。

あまりにも自然な愛撫に、千尋も無防備にそれを受け入れてしまう。

「あなたが元気だと、私も嬉《うれ》しいですよ」

「……もしかして、俺、口説《くど》かれてます？」

「もちろんです」

怪訝《けげん》な顔をした千尋に、照は本気か冗談かわからない、ミステリアスな笑顔を返したのだった。


食事を終えた千尋は、照から見覚えのあるコートを渡された。

そういえば、俺、ここにくる時、コートを着てなかったっけ。

ひと回り大きなコートに袖を通すと、ふんわりと漣の匂《にお》いに包まれる。

汗ばんだ肌と感じた熱を思い出しそうになり、慌てて千尋は記憶をふり払った。

「今日は風が強いですからね。漣に借りてきました。残念ながら、私は洋服をほとんど持っていないのですよ」

「和服ばかりなんですか？」

「そうです。この島では、出稼ぎに出ている者以外は、たいてい和服です」

「出稼ぎ……って、普通の意味じゃないですよね？」

おそるおそる千尋が尋ねると、照が苦笑しつつ説明をはじめた。

「依頼の窓口となる者もいれば、政治家や財界人に呪術師として雇われる者もいます。凪は例外です。彼はかなりの潜在能力がありましたが、医者になりたいと言い出しまして。いずれここに戻るという約束で都内に行きましたから、留学という方が近いですね」

ふたりは一昨日《おととい》入ってきたのとは別の、立派な門をくぐって敷地を出た。

風が吹き、濃い磯の臭いが千尋の鼻腔《びこう》をくすぐった。

「鶴来も、出稼ぎ組なんですよね」

「漣のことですか？　そうです。あいつは十五の時に島を出て、政治家に雇われていました」

「政治家……。政治家の人も、誰かを呪ったりするんですか？」

「それは、人によりけりです」

「……どういうことですか？」

「呪う人がいれば呪われる人がいます。プロの呪術者に呪われた場合、素人《しろうと》にその呪いを解くことは、まず不可能です。その時は、プロに頼んで、呪いを返すしかないんですよ。それに、嫉妬《しっと》や恨みの念を向けられて、それが非常に強い場合は、やはりプロの呪術師に頼んでそれらを返すのが一番てっとり早いのです」

「はぁ……。俺からしたら、別世界です……」

呪術師、というのが現実に職業として成立しているのが、そもそも驚きなのだ。

そういうのって、フィクションの世界の出来事だと思っていたんだけどなぁ……。今は、俺もその仲間入りってわけか……。おまけに、男と結婚、だし……。

それまで自分が知っていた〝世界〟との違いに、千尋はため息をつかずにはいられなかった。

あくまでも千尋の性癖はノーマルで、その上、公務員になるという夢を諦《あきら》めていない。

「驚きました？」

「……正直、馴染めるとは思えません」

「そうですか。でも、馴染めないと、千尋くんが困るでしょう？」

「困る？　俺、別に今まで困ったことなんてなかったけどなぁ……」

「いずれ、あなたにもわかりますよ」

照が謎めいた口ぶりで言う。

自分で体験してみなさい。暗にそう言われた気がした。

これ以上詳しく聞く気も起きなかったので、千尋は辺りを観察することにした。

どうやら、鶴来家の屋敷はこの島で一番高い場所に建てられているようだった。

ゆるやかな坂となった未舗装の道をくだるうちに、集落らしき家々が木々の梢《こずえ》から垣間《かいま》見えるようになった。

「へぇ……。なんだか、のどかな風景ですねぇ……」

千尋の目に映った集落は、昔話に出てくるような、こぢんまりとした家屋が立ち並ぶ牧歌的な光景だった。しっくいや木製の壁に瓦《かわら》の屋根。母屋の横には家畜小屋や小さな蔵が建っている。

家屋の周りには田畑が広がっているが、トラクターなどは見当たらず、作業はすべて人か牛が行っていた。

「なんだか、五十年以上前にタイムスリップしたみたいだ……」

「遅れているので驚きました？」

呆《ほう》けたようにつぶやく千尋に、照が楽しげな顔をする。

「島には電気や水道などは通っていませんので、衣食住は基本的に自給自足です。足りない食糧や衣服の材料など、最低限の物だけ外部から買っています」

「じゃあ、冷蔵庫や洗濯機……テレビやラジオもない？」

「ありませんよ」

「それじゃあ退屈じゃないですか!?」

驚きのあまり、千尋が大声を出す。

「最初からなければ、退屈のしようもありません。それに、電化されていない分、やることはたくさんありますからね」

「うわぁ……。俺、ここに順応できるかなぁ……」

今までの生活とのギャップに、千尋が情けない声をあげる。すると、照が顔を千尋に近づけ耳元で囁いた。

「もし、退屈になりましたら、私がいくらでもお相手しますよ」

「い、いいです、いいです。遠慮します!!」

千尋は体をのけぞらせ、全力で照の申し出を拒絶する。

「おや、残念。気がかわったら言ってくださいね。私はいつでも大歓迎ですから」

相手って、やっぱり……アレ、のことだよなぁ……。

快楽と激痛の記憶が千尋に身震いをさせた。

あんな痛いのはもう嫌だ。だけど、痛みよりもあの快感の方が……俺には怖い。

いつか、あの痛みをひきかえにしても構わないほどに、男どうしのセックスに溺《おぼ》れてしまう日がくるのではないか。それは、痛みよりもずっと大きな恐怖であった。

「……それは、嫌だ……」

心臓が締めつけられるような不安に、千尋は胸元に手をやった。指先にペンダントヘッドが触れ、無意識にそれを強く握り締める。

「………」

千尋が唇を固く引き結んでうつむくと、気配を察したか照も話しかけなくなった。

そのうちに坂をくだり終え、ふたりは農地に入ってゆく。古風な野良着姿の中年男が作業の手を止め、顔をあげた。

「照様、ご機嫌よろしゅう」

そう言って深々と頭をさげる。

「あの……なにかご用でございますか？」

村人は自分の半分ほどの年齢の照に丁寧な口を利いた。照のことを敬っている――はっきり言えば畏《おそ》れている――ようであった。

「いいえ。客人に島を案内していただけです。私たちには構わず仕事を続けてください」

「お客人……里人ですか？」

その言葉に、村人があからさまな嫌悪のまなざしを向けた。しかし、険しく細められた目は次第に開かれ、ついには食い入るような目つきで千尋を見つめてくる。

「……こ、こんにちは」

初対面の人に、こんなふうに凝視される心当たりはない。とりあえず挨拶をしてみたものの、村人は返事もせず、瞬《まばた》きもせず、千尋を異様な目で見つめるだけだ。

歩き出してからも背後から視線を感じ、首筋がチリチリと焦げつくようだった。

なんでこんなふうに俺を見るんだ？　すごく……怖い。

隣にいる照の腕にすがりつきたくなるが、男としての意地で、それを堪《こら》えた。

次の農地にさしかかると、今度は夫婦らしき三十代の男女が働いていた。

ふたりは照に挨拶をし、そして、揃《そろ》って千尋を凝視する。

違うのは、男が憑《つ》かれたような羨望《せんぼう》のまなざしを向けるのに対し、女は憎しみに近い強い妬《ねた》みの視線を向けることだった。

男性と女性で、反応が違う……？

今までの千尋ならば、生来の美貌から、女性からは憧《あこが》れのまなざしを、男性からは嫉妬のまなざしを受けることがほとんどだった。

なのに、ここではそれが逆なのだ。

同じことが、行く先々でくり返される。極めつけの出来事は、この島で唯一の港に案内された時に起こった。

港といっても、ごつごつとした岩ばかりの入り江に簡素な船着場があるだけだ。

木の杭《くい》に縄でつながれた十艘《そう》の小船が並び、少し離れた沖合いに立派なクルーザーが一隻、そこだけ別世界のように浮かんでいた。

クルーザーの向こう、水平線に沿うようにうっすらと大きな島影――おそらく本土――が見えた。

浜茄子《はまなす》がところどころに顔を出す砂地を歩きながら、千尋が照に話しかける。

「うわぁ……。ずいぶんと豪華なクルーザーですねぇ……。そういえば、ここにはヘリコプターやヘリポートもありましたっけ。どうしてですか？」

「なるべく自給自足のままにしていますが、必要と判断した場合は、外の物も取り入れるようにしているのですよ。あのクルーザーは、村の共有物なのですが、主に叔父……漣の父親の邦彦《くにひこ》が使用しています。私も運転できますから、今度、いっしょにクルージングでもどうですか？」

「いいんですか？」

個人所有のクルーザーなど、もちろん千尋は乗ったことはない。

弾んだ声で尋ねると、照が笑顔でうなずいた。

「もちろんですよ。自動車も一台だけ屋敷にありますからドライブでもいいですけれど、この島ではあっという間に一周してしまいますからね。クルージングの方が千尋くんも楽しめるでしょう」

「はい、楽しみです！」

千尋の嬉しげな声に、照が目を細めた。しかし、その目はそのまま険しげになり、千尋の肩越しに海の向こうを見据えていた。

「もう気づかれたか……」

眉をひそめて照がつぶやく。そして舌打ちすると、傍らにいた千尋の肩を抱き「行きましょう」と早口で言った。

「えと……照さん？」

突然の照の変化に、千尋がとまどう。その千尋の耳にクルーザーのエンジン音が聞こえた。接近するクルーザーから逃げるように照が足を進めた。その時だった。

『待て』

そう、声がした。

いや、声が聞こえたわけではない。脳に直接声が響いた。そんな感覚があった。

「なに……？」

初めての異様な経験に千尋の足が止まった。照もまた足を止める。そして、観念したようにゆっくりと後ろをふり返った。

エンジン音は、すぐそこまで近づいていた。クルーザーが停止し、中からがっしりとした体つきの壮年の男が姿を現した。

甲板に立つ男は漣とそっくりだった。漣をそのまま三十歳ほど年を取らせたような顔をしている。

「なぜ逃げるんだ、照？」

「……逃げてなどおりませんよ、邦彦様」

威喝するような声の問いかけに、苦虫を嚙み潰したような顔で、しかし口調だけは丁寧に照が答えた。

「逃げてないのなら、なぜそんなに急いでここから立ち去ろうとした？　……おや、いいものを連れているじゃないか」

邦彦は照の隣に立つ千尋を見て、下卑た笑みを浮かべる。邦彦は、あからさまに千尋を値踏みしていた。

顔、喉、そして胸元。視線がゆっくりと下におりる。

「照さん……」

千尋はまなざしを受けるだけで自分が犯されているような気分になった。

照の背中に回って、千尋は男の視線から逃れようとする。

「この人、誰ですか？」

「さきほど話した、私の叔父、鶴来邦彦です」

千尋を背中に庇《かば》う照に、邦彦が口を開いた。

「おまえが逃げようとしたのは、これが原因だな。加賀見の万華鏡か。もう味見はしたんだろう。どうだった？」

「それにお答えする義務はありません」

漣の父というわりには、性格はずいぶんと異なるようであった。よく喋るし、なにより発言に品がない。

似ているのは、顔だけだ。そう、千尋が内心で決めつける。

「おいおい、隠すなよ。万華鏡は村の共有物だろう？　いずれ俺もいただくことになるんだ。男ってのが興ざめだが、これだけ面がよければ、我慢して抱いてやっても、俺は構わないんだぜ」

「共有……物……？　俺が？　それで、この人に抱かれる？　どういうことですか？」

照の背後に隠れたまま、千尋が弱々しい声で尋ねる。

邦彦の潮に焼けた浅黒い肌。たくましい肉体。そして、野生の獣のような瞳。千尋は邦彦に食い千切られる自分の姿を想像してしまう。

すがるように着物の袖をつかむと、大丈夫、というふうに照がうなずき返す。

「……叔父上、千尋くんは村で共有されることはありません。二十年前に、そう、父が約束しましたから」

「そんな昔の約束、しかも交わした奴も死んじまったんだ。反故《ほご》にしたところでなんの支障もないさ」

「そういうわけにはいきません。いえ、もしそうなったとしても、私は、あなたにだけは千尋くんを渡すつもりはありません。……父を殺した、あなたにだけは」

押し殺した照の声から、強い憎しみが放たれていた。

「俺が兄貴を殺した？　そんな証拠、どこにある？　おまえひとりがそう言っているだけだろう？」

「……確かに、証拠はありません。けれども、父が亡くなって……次の族長を選ぶ時、ふたりの弟のうち、年長で腕も立つあなたではなく、稔彦さまが選ばれた。それは、村人がみな、私と同じ考えだったからではないでしょうか？」

照の言葉に邦彦が肩をすくめた。

「ただ単に、俺が強すぎて、嫌われただけだ」

「そうですね。あなたは、十分以上に強い。長老たちもみな、あなたがこれ以上強くなることを望んでいません。あなたにだけは万華鏡を与えないという、私の決定に異を唱える者はいないでしょう」

「もうすっかり族長気取りで命令か？　こいつが漣を選び、力を得てあの剣の遣い手になれば、おまえが族長になることはない。そうなった後で、俺が漣からこいつを取りあげればいいだけだ」

邦彦が千尋に手を伸ばす。しかし、その腕を照が押さえた。

「おやめなさい。もし、あなたが千尋くんに手を出すのならば、私が……いえ、族全体を相手にすることになりますよ」

邦彦の動きが止まった。千尋を挟み、ふたりの男が無言で睨みあう。

強い風が吹き、波が岩に叩《たた》きつけられ、飛沫《しぶき》が千尋の頬を濡らす。

みるみるうちに雲に太陽が隠れ、日が翳《かげ》る。

そして、幾度波がよせて返したか。唐突にふたりの男たちが睨みあいをやめた。張りつめた空気がふいに緩み、雲間から太陽が姿を現し、視界がふっと明るくなる。

「……行きましょう、千尋くん。話は終わりました」

邦彦の目から隠すように千尋の肩を抱くと、照が足早に歩き出した。もちろん、千尋もついてゆく。

それから屋敷までの道のりは、千尋にとって非常に気まずい時間となった。行きと違い、照は難しい顔をしていて、取りつく島もない。

さきほどの邦彦の言葉は、たくさんの疑問を千尋の中に生じさせた。

万華鏡……ってのは、文脈からして俺のことだよな。そして、本当は俺は村の共有物にならないといけないいんだ。

それを免れたのは、母さんが取引して「たったひとりを相手にする」という条件をつけさせたからで……。そして、三人のうち俺が選んだ人間が、力をつけて、剣の遣い手？になって、この一族の族長となるらしい。

でも、力ってなんだ？　なんで俺を手に入れると力が得られる？　剣っていうのは？

それに……漣の父親が照さんの父親を殺したって……いったい、どういうことなんだろう？　とにかく、穏やかな話じゃない。

できれば、ここから逃げ出したい。いや、逃げないと……。俺はここにいたら、たったひとりだけとはいえ、男を相手にあんな凄《すさ》まじいセックスさせられるんだから。

ゆるやかな坂をのぼりながら、千尋は村を見おろした。

沈みかけた夕日が辺りを茜《あかね》色に染めていた。

家々のかまどからは白い煙が昇り、あぜ道を牛を引いた村人が歩いている。真っ赤な実をたわわに実らせた柿の木の下で、こどもたちが歓声をあげて遊んでいた。

本当に、のどかな光景だった。平和で温かくて、幸せそのもののような。

けれどもそれは表面だけのことで、ここは呪術の村なのである。

具体的になにをしてるのかはわからないけど、人間を共有物にして当然と思う人たちだけが住んでいるんだ。

俺の他に、その万華鏡と呼ばれる人はいるんだろうか。いるとしたら……どんな扱いを受けているんだろう。

暗い情景が浮かんで千尋は眉をひそめる。そしてそれが自分の未来の姿である可能性に思い至った時、千尋はこの島からなんとしてでも逃げ出そうと決意していた。


島から逃げ出すチャンスは、意外に早く訪れた。

夕方になると、それまでずっと千尋のそばにいた照が長老たちと会合があると言って席を外し、ちょこちょこ顔を見せていた凪も急病人が出たということで屋敷を出て、千尋は自室にひとり残されたのだ。

漣は、目覚めてすぐに顔を合わせた後は、千尋に興味がないのか姿すら見せなかった。

夕食の世話をしたのは照の乳母だという初老の女で、彼女は千尋に見るのも汚らわしいというまなざしを向けるばかりだ。

「照様の頼みでなければ、あんたの世話なんかしなくてすんだのに。あぁ、食べ終わったら、食器は盆にのせて、廊下に出しておけばいいから。厠《かわや》と風呂《ふろ》以外は、部屋を出るんじゃないよ」

「はい……」

座卓に並べられた料理を前に、千尋が小さくなってうなずいた。

嫌われるのは不快だったが、この老婆が自分に関心がないのは幸いだった。

このようすだと、監視する気もないだろうし、簡単に屋敷を抜け出せそうだ。

千尋は照が用意した簞笥の中から大きめの風呂敷をひっぱり出した。

夕食の間にこっそり作ったおにぎりを懐紙にくるみ、手拭いなどといっしょにして荷造りをし、深夜になるのを待った。

下弦の月が昇ってから、千尋は人影がないことを確かめ、庭へおり立つ。

庭を散策するための草履を拝借して、そのまま裏口から屋敷を出た。

雑木林を抜けて昼間に散歩した小道を歩く。

寝静まった夜の村を、月明かりを頼りに千尋はひたすら海へと向かった。目的地は港。

小船を拝借して遙《はる》か彼方に垣間見えた陸地を目指そうという計画である。

もちろん村には街灯などなく、夜そのものの濃い闇が千尋の眼前にあった。

暗くてちょっと怖いけど、逆に考えれば俺の姿も他の人から見つかりにくいってことだよな。

海に近づくにつれ、波の音がだんだんと大きくなってゆく。それにつれて千尋の心も大きく弾んだ。

ひとつひとつ船を確認し、一番頑丈そうな船を選び出し、夜の海へと漕《こ》ぎ出した。

「よっと……」

慣れない櫂《かい》を操って、よろめきながら沖に向かう。そして、百メートルほど進んだところで、急に風向きがかわり、小船は港へと押し戻される。

「負けるかよ！」

千尋が気合を入れて、いっそう力を入れて船を漕ぐ。しかし、風はどんどん強くなるばかりだ。おまけに潮の流れまでかわってきた。まるで千尋を島へと引き戻すかのように、船の周囲で水が渦巻いている。

なにかおかしい。変だ。それに、船の周りの水の泡が人の手みたいに見えてきた……。

千尋は水面から何十、何百という白い手が突き出るさまを想像した。

その瞬間、それは現実となる。

「!!」

月の光を受け、青白いたくさんの手が千尋めがけて押しよせてくる。

近くにあった数本は小船の縁をつかみ、櫂を絡め取りさえした。

「う、うわぁあああ!!」

絶叫をあげ、千尋は小船にへたり込んだ。

千尋が手を離すやいなや、櫂はあまたの白い手に奪われ、小船は波間を漂いはじめる。

新たに群がってきた無数の手が小船を押し、ついに千尋は陸——船着き場——へと送り返されてしまった。

「……どういうことだ、いったい……」

小船に座り込んだまま、千尋が呆けたようにつぶやいた。今、自分が体験したことが信じられない。

けれども白い手は、いまだに千尋を威嚇《いかく》するかのように、波間をゆらゆらとゆらめいている。

さすがに千尋も、これは現実だと認めるしかなかった。

「逃げられない……ってこと?」

どうりで、簡単に屋敷を抜け出せたはずだ。

異形に妨害され、決して島から出られないとわかっていれば、そもそも監視をつける必要もないのだ。

結局、千尋はあの屋敷へ、三人の婚約者候補のもとへ戻るしかなくなってしまう。

「あそこには……戻りたくない!」

三人の男に抱かれた快楽と苦痛を思い出し、千尋が血を吐くような叫び声をあげる。

その時だった。

「じゃあ、俺のところにくるか？」

「！」

ふいに背後から男の声がした。ふり返る間もなく、腕をつかまれ、千尋は桟橋へと引きあげられていた。

中天にさしかかった月が、男の顔を照らす。男は漣の父、邦彦だった。

「海が騒がしいと思ってきてみたら、こんな拾いものをするとはなぁ……。ちょうどいい、早速いただくとするか」

残酷な瞳が千尋の目を捉《とら》えた。その瞬間、千尋は金縛りにかかったように一切の身動きができなくなってしまう。

嘘だ、なんで!?

突然のことに、千尋はパニックに陥る。いくら頑張ってみても、指一本さえ、自分の意志で動かすことができなかった。

この男はまずい。早く、早く逃げないと！

恐怖に強張る顔を楽しげに見やったかと思うと、邦彦が千尋の体を抱きあげた。砂浜へ移動し、波が届かない場所へ千尋の体を横たえる。

「動けないだろう。……怖いか？」

千尋に馬乗りになりながら、邦彦が舌舐めずりせんばかりの声で尋ねてくる。

「そんなに怯えることはない。すぐに照たち若造どもと、二度とやる気になれないくらい気持ち良くしてやるよ。なにせ、ヒヨッコどもとは年季が違うからな」

「…………」

整った顔に下卑た笑いが浮かぶのは、なんとも醜悪な光景だった。

さかった犬のように荒い息が千尋の顔に近づく。

あの、淫虫ってのを、入れられる!?

一昨日の晩の記憶が蘇り、千尋の息が止まった。今の千尋は身動きできず、身を固くしてそれが近づくのを見つめることしかできない。

邦彦の熱を肌で感じた。吐く息が千尋の頬に吹きかかる。

そして、あともう少しで唇が触れるというところまで近づくと、ふいに邦彦の動きが止まった。

「おおっと、淫虫を入れる前に、やることがあったな」

千尋の上から退くと、邦彦が意味ありげな笑みを浮かべて、桟橋へと歩いてゆく。

邦彦が離れていったが、千尋は安堵の息さえつけず、ただただ無力に怯えるしかない。

なにをする気なんだろう。怖い。すごく悪い予感がする。

首を巡らすこともかなわず、正面しか見られない千尋の視界に邦彦の影がさした。

「これが見えるか？」

邦彦は小船の櫂を手にしていた。

わざわざ千尋にも見えるように掲げると、それをそのまま真下へふりおろした。

櫂が千尋の両足首にぶつかった。肉と骨が砕ける鈍い音がしたかと思うと、次の瞬間、激痛が千尋を襲った。

「——!!　う、ぅううう!!」

くぐもった声が千尋の唇から漏れる。転げ回りたいほどの痛みにも、体は依然、動かせないままだ。千尋の目尻から、幾筋もの涙が伝い落ちる。

千尋の泣き顔に、邦彦が満足そうな笑みを浮かべた。

「痛いか？　痛いよなぁ。こうしておけば、金縛りを解いても逃げ出せないだろう。そうそう、それでも抵抗したら、今度は手だ。その次は肩を砕く。……あぁ、いっそ腕を引き千切っても面白いかな。腕は魚の餌《えさ》にしちまおうか。大丈夫、凪さえいれば、死にはしない。ただ、失った腕は元には戻らないがな」

「う……うぅ……」

「俺はおまえの四肢がどうなろうとも、どうでもいいんだ。要は、頭と胴——穴——さえあれば、コトは足りるからな」

嬉しげな声だった。痛みを与え、抵抗を封じ、怯えるさまを見て喜んでいる。

邦彦は、真性のサディストだった。

本気だ。この男は嘘なんてついてない。たぶんそうやって、今までたくさんの人間をいたぶってきている。

千尋の心が恐怖に染まり、一瞬、足首の痛みさえ忘れてしまう。

それほどの、恐怖だった。

「いいねぇ、その目。俺は苦痛に歪んだ顔の女をやるのが好きなんだ。そして、その顔が俺につっ込まれて痛みを忘れ、よがり狂うさまを見るのはもっと好きだ。……さて、おまえはどんな顔で泣くのかな」

櫂を砂浜に放り投げると、邦彦が足を一歩踏み出した。

恐怖と激痛と涙で千尋の視界が歪む。

いっそ、気を失えたらいいのに……。

このまま千尋は、逃げることもできず、痛みと快楽をいいように与えられ、貪《むさぼ》られるのだ。この状況では、それだけが唯一の希望であった。

獣の牙《きば》が千尋に襲いかかろうとする。その寸前、制止の声が砂浜に響いた。

「お待ちください、邦彦様」

「漣か……。邪魔するな。邪魔したら、てめぇもただじゃおかねぇぞ」

怒りに満ちた邦彦の声に、千尋は漣がこの場にきたことを知った。足音もなく漣はふたりに近づき、邦彦と向かいあった。

「そういうわけにはいきません。ここでこのようなふるまいに出れば、邦彦様に制裁が下されます」

「おまえが黙っていればわかりゃあしないさ。その間に俺は誰にも負けないほどの力を手に入れる。そうしたら制裁など恐れる必要がなくなるからな」

親子だというのに、よそよそしい会話だった。漣は父親に対して丁寧に話しかけるし、邦彦は完全に漣を見下している。

そこには、ひとかけらの愛情も存在していなかった。

「……あなたがそうおっしゃるのならば、俺は今すぐ凪に知らせます。無事に家に帰りたいのならば、ここは引いてください」

「告げ口か、小僧？　それじゃあ俺はこいつをさらってクルーザーで逃げるさ」

小馬鹿にした口調の邦彦に、漣はあくまでも静かに答え続ける。

「逃げて、どこへ行くというのですか？　万華鏡の足を潰したのでしょう？　あなたひとりならば逃げ切れるでしょうが、足手まといの怪我人を連れて、どこまで行けることか。鶴来だけではなく、加賀見や玉城《たまき》、それ以外の部族にも協力を請い、照や族長はあなたを追わせることでしょう。……そうなっても逃げられると、断言できますか？」

「……小僧……。俺を脅す気か？」

「脅しているのではありません。予想を言ったまでです」

そっくりな親子は、月光の下、微動だにせず無言で睨みあった。

沈黙を破ったのは邦彦の方だった。邦彦が忌々しげに舌打ちした時には、全身から発せられる怒気が弱まっていた。

「……わかった。今回は引いてやる。どうせだったら、一回犯《や》ってから止めればいいものを、気の利かない小僧だな」

「そうしたら、邦彦様の立場が悪くなるだけです」

憎まれ口を叩く邦彦に、あくまでも冷静に漣が答える。

「なんだってこのガキをそこまで庇うんだ？　もしかして惚《ほ》れたか？　そんなに良かったのか、こいつは」

「そんなんじゃありません。俺は男に惚れたりしません」

漣は邦彦の問いをあっさり否定する。つまらなそうな顔をした邦彦だったが、口角をあげ、悪魔のような微笑を浮かべる。

「……ってことは、同情か？　おまえの母親は里人で万華鏡だったからな。こいつを見ると、八年も前に死んだ母親を、思い出す。そうなんだな」

「……っ！」

それまで冷静だった漣に、初めて動揺が見られた。母親のことを持ち出された途端、漣は息を飲み、顔を歪ませる。

漣の変化に邦彦は嬉しげな表情をした。まるで、千尋をいたぶれなかった憂さを漣で晴らそうとでもいうように。

「あいつにたいした力はなかったな。俺が見つけてこの島まで連れてきたが、こいつに比べれば屑《くず》みたいなもんだった。あっちの具合は良かったが、それも最初だけで、最後は抱く気も起きなくなった」

「……誰のせいでそうなったと思っている！　おまえが……おまえたちがお母さんを弄《もてあそ》んだせいだろう!!」

闇夜を切り裂くように、漣の声が辺りに響いた。

青白い怒りの炎を身にまとい、漣が憎しみに満ちた視線で邦彦を睨みつける。

「だからどうした」

「おまえは……！」

訴えを一蹴され、漣が絶句する。そんな漣の反応は、邦彦を喜ばせるだけだった。

「半端者のくせに、俺をおまえ呼ばわりか？　調子に乗るな小僧。俺はおまえを息子だなんて思っちゃいない。誰にでも股《また》を開く女から生まれたんだからな。ちょっと顔が似ているだけで親子にされて、俺の方が迷惑してるんだよ」

えげつない捨て台詞《ぜりふ》を吐くと、邦彦は漣に背を向け歩き出した。

話の途中で放り出され、漣が腹立たしそうに砂を蹴《け》りつける。そして肩で一回息をした後、千尋に目を向け、砂浜にひざまずいた。

「……大丈夫ですか？　今、術を解きます」

その瞬間、千尋の金縛りは綺麗《きれい》に解けた。自由を取り戻した千尋が体に力を入れた途端、両足首に激痛が走った。

「……うっ……」

「動かないで。今、凪に連絡して迎えにきてもらいます」

その場で漣はスマホを取り出すと、早口で喋りはじめた。

「あぁ、凪か。俺だ。先輩が邦彦に両足首を潰された。早急に手当てが必要だから、車で港まで迎えにきてくれ」

端的に会話を終えると、漣はスマホをポケットにしまった。そうして、なす術もないといった顔で砂地に腰をおろした。

すぐ隣に座る漣に、脂汗を流しながら千尋が手を伸ばす。千尋の手が足に触れると、漣はあからさまに動揺したそぶりを見せた。

「……ありがと……」

「礼を言われる筋あいはないです。先輩がこうなったのは、全部、俺のミスだ」

漣は謝意を拒絶した。それでも千尋は漣に助けてもらった、と思っている。

「でも、ありがと。鶴来のおかげで、助かった」

言いながら、千尋は漣の手に己の手を重ねて握り締めた。

凪が到着するまでどれほど待たねばならないかわからない。それでも、その間こうして人肌に――漣に――触れていると、少しだけ痛みが和らぐ気がしたのだ。

「手、握って。痛いの少し、楽になるから」

「わかりました……」

千尋が頼むと、漣は渋々と手を握る。ぎこちない手つきは、まるで初心《うぶ》な少年のようだ。

思ったより優しいんだな、鶴来って。……そういえば、一昨日の晩のキスも、すごく優しかったような気がする……。

そんな漣の優しさに甘え、千尋はもうひとつ、おねだりをする。

「なにか話して。そしたら、もう少し楽になるかも」

「……なにかと言われても……」

困惑する漣に、千尋は疑問に答えてもらうことにした。

「じゃあ、どうして俺の居場所、わかった？」

「ペンダントです。先輩がいつもしている。あれは俺が梓様に渡した物で、俺の気が入っている。その気配を辿ったんです」

「すごい。そんなことできるんだ」

　素直に感嘆した千尋に、漣は渋い顔をする。

　褒められても嬉しくないのかな。それとも、照れてるのかな？　そうか、こいつって不器用なんだ。こんなにハンサムなのに意外だなぁ。

　千尋が微笑を浮かべると、漣はとまどったように眉をひそめ、そして苦々しい顔で口を開いた。

「今後はひとりで外出しないでください。さっきのことでわかったと思いますけど、先輩がこの村をひとりで歩くのは自殺行為です。呑気《のんき》に歩いていたら、すぐにその辺の茂みに引き込まれて犯されますよ」

「……なんで」

「それが、力を得るのに一番てっとり早い方法だから」

「どういうこと？」

「他人から力を得るのが、一番早い能力のあげ方なんです。でも、能力者の力には相性があって、ただ力を吸い取っても、そのまま自分の力にならないんです。だけど、先輩は違う。誰が得ても自分の力にできる。そういう性質の力の者を、うちの部族では、万華鏡と呼びます。その万華鏡の中でも、先輩は潜在能力が高いから、一度吸っただけでも、能力がかなりあがる。だからレアなんです。この村では、能力の強さで待遇が決まります。みんな、少しでも自分の力を高めたいと思ってる。だから先輩が欲しいんですよ」

訥々《とつとつ》となされた説明は、正直、千尋の理解の範疇《はんちゅう》外だった。実感がまるで伴わない。

いや、痛みのあまり、説明が頭に入らなかった。

反応の薄い千尋を横目で見ると、漣がしかたがないという顔で言い直した。

「周りはみんな敵だと思えばいいんですよ。ただでさえ先輩を俺たち三人が独占しているんで、不満が溜まってる。下手したら、村中の男たちに輪姦《まわ》されますよ」

「この間、おまえらにされたみたいに？」

「……それは……」

なんの気なしに返した言葉に、漣がひどく傷ついた顔をする。

「それが、義務ですから」

「義務？」

「俺が先輩の婚約者候補になったのは、邦彦が照に嫌がらせをしたかったからです。普段は親子じゃない、なんて言いながら、こんな時だけ俺の息子なら族長になる権利がある、と言い出して……。でも俺は、はっきり言って先輩に興味ないんです。婚約者候補になったら、一度は先輩を抱くのが義務だと凪に説得されて、それだけです。二度と、先輩に手を出すつもりはありません」

「そう……」

鶴来は俺に興味がない。逆に言えば、鶴来を選べば、俺は男とセックスしなくていいってことか。これは悪くない。鶴来を選べば、願ったりかなったりじゃないか。

妙案だと確信し、千尋はそれを実行に移した。

「じゃあ、俺はおまえを婚約者に選ぶよ」

「あんた、馬鹿ですか⁉　そんなことしたら邦彦に犯されますよ。あいつは俺にあんたをさし出せと言うに決まってる。俺はあいつに逆らえない。あんたは、邦彦専用になる。それでもいいんですか？」

「あぁ……」

さきほどの邦彦のサドぶりを思い出し、千尋はこのアイディアを断念するしかなかった。

「じゃあ、どうしたらいいんだろう……」

「凪か照のどちらかを選べばいいでしょう。それ以外、先輩に選択肢はない。ホモが嫌なんでしょうけど、それでも他の万華鏡に比べれば、ずっとマシです」

「………」

なんでこんな簡単なことがわからない、と言わんばかりの漣の口調と態度だった。

切り捨てるような物言いと厳しい横顔が、冷たく千尋を突き放している。

俺……そんなに悪いこと言ったか？　おまけにこんな怪我してるのに、そんな言い方しなくても……少しくらい優しくしてくれたって、いいじゃないか……。

酷《ひど》い、と思ったら少しだけ和らいでいた痛みがぶり返してきた。

「痛っ！　……痛い痛い痛いっ！」

「先輩どうしました。大丈夫ですか？」

声をあげて痛みを訴える千尋に、漣は途方に暮れた顔をした。

「もうじき凪がきます。それまで我慢してください」

「うう……っ。どれくらい待てばいいんだよっ！」

「もうすぐです。すぐ。ほら……きた」

漣が視線を小道に向けた。闇を切り裂くようにヘッドライトの明かりが見えた。

救いの、光だ。

懐中電灯持参で凪はやってきた。砂浜に横たわる千尋の足を照らして怪我の状態を確認すると、痛ましそうに顔をしかめる。

「邦彦の奴、手加減なしか……。足首が折れてるぞ。千尋ちゃん、屋敷に戻ったらすぐに手当てしてやるからな」

凪が千尋の上半身を、漣が太腿を持ちあげて車に移動した。凪が後部座席に残り、漣がハンドルを握ることになった。

車が発進すると、未舗装の道路を走る振動が、嫌な感じに響いて、更に痛みが強くなる。

「うっ」

千尋は窓によりかかって座り、凪の腿に両足を載せていた。

汗の滲《にじ》む手でシートをつかみ、痛みを堪える。そんな千尋を憐れむように見ながら、凪が右手を足首にかざした。

「痛みが和らぐよう気を送る。……どう？」

「……あ……。なんだか急に、すごく楽になりました……」

凪の言葉が終わらぬうちに、千尋の足首から痛みが引いていった。もちろん、完全というわけではないが、骨折のはずが捻挫《ねんざ》程度にまで痛みが緩和している。

「すごい！　ありがとうございます、荒木さん‼」

「これが俺の得意技、ヒーリングだ。俺が医者って、天職だと思わないか？」

「思う。思います！　……すごいなぁ……」

千尋が笑うと凪も安堵したように軽口を叩いた。

「やっぱり……荒木さんがいいのかなぁ……」

赤黒く腫《は》れあがった足首を見つつ、千尋がポツリとひとりごちる。

「なんの話？」

「婚約者選びの件です。荒木さんだったら、怪我してもすぐ治してもらえるし、いいかなぁって思って」

「おやおや、嬉しいことを言ってくれるね。でもなぁ……もうちょっと慎重に選んだ方がいいと思うよ。俺たちのことをもっと知って、それで千尋ちゃんが俺を選んでくれるなら大歓迎だ」

「もっと、ですか……。でも、鶴来にはもう、さっき、ふられちゃいました」

「ありゃま。……そうなのか、漣？」

「あぁ」

話をふられ、それまで黙っていた漣が端的に答える。

「……本当のところ、全員が断ってくれると嬉しいんだけど。照さんはどう考えているのかなぁ」

「奴が一番、千尋ちゃんのことを欲しがっていると思う」

凪が疑問に即答した。答える声や表情にわずかばかり硬さが加わる。

「どうして？　やっぱり他の人みたいに力が欲しいんでしょうか」

「……力、というより力があれば他を抑えて族長になれる。それが理由だろう。なにせ、族長になるのは照の悲願だから」

「悲願……。それは、照さんのお父さんが亡くなったことと、関係ありますか？」

「千尋ちゃん、それ、知ってたのか」

「昼間、照さんと邦彦が言い争って、その時に、ちょっとだけ」

驚く凪に説明すると、納得、という表情にかわった。凪は千尋の足首に手をかざしたまま、なんともいえない表情で口を開く。

「……そうだよ。族長をしていた照の父親は八年前に亡くなった。次の族長の座を巡って、照と邦彦が争ってね。照は若すぎるということで、邦彦は人望がなくて、中を取って今の族長に落ち着いたってわけだ。……まあ、本当の族長の資格が、この三人の誰にもなかったことが、一番、問題なんだけど」

「資格……？」

「そう。鶴来一族に代々伝わる剣があってね、それを使うには強い力が必要なんだ。この剣を使いこなせる者が、族長となるしきたりだったんだけれど、ここ百年ほど、遣い手となりうるほどの能力者は現れていない。だから、照は千尋ちゃんから力をもらって、この剣の遣い手になって、文句なしに族長になりたいんだよ」

「……なるほどね。だから俺が選んだ人間が族長になる……ってわけか。その剣の遣い手を、俺が作れるんだもんな……」

そして、百年ぶりに遣い手が現れるかどうかは、鶴来一族にとっての重大事に違いなかった。

そのような理由があるのならば、照が自分に対して積極的に行動するのもうなずけた。決して自分を諦めないであろうことも、同時に理解する。

「ところで千尋ちゃん、俺のこと荒木さんって呼ぶのはやめようよ。凪でいいからさ。あと、漣のことも鶴来って呼ぶのはやめた方がいいな。なにせ、この村の二割は鶴来姓だから。長老の爺《じ》っちゃんたちが集まった時に呼んだら、ほとんど全員がふり返るぞ」

「はぁ……」

「くだらない話はそろそろ終わりだ。屋敷に着いたぞ」

漣が言い終わると同時に車が止まり、一足先に凪が車をおりた。

「漣、俺は先に準備しておくから、おまえは千尋ちゃんを連れてこい」

「俺が？」

「肉体労働は若い者の役目だろうが。丁寧にお連れするんだぞ、わかったな」

怪訝そうな顔をする漣を置いて、さっさと凪は家屋の中に入っていった。

残された千尋は漣に向かって愛想笑いをする。

なにしろ、両足が使えないのだ。這って部屋まで移動するわけにもいかないので、漣が頼みの綱である。

「よろしく」

「腕を俺の首に回してください。抱きあげますから」

かがんだ漣が千尋の背中と膝に腕を回す。

「……あれ？」

漣に体を預け、千尋が小首を傾《かし》げる。ふたりの体が密着し、漣の体温を感じた途端、千尋の心にひっかかるものがあった。

……なんだろう、もうちょっとで思い出せそうな……。あぁだけど……思い出そうとすればするほど、印象があやふやになっちゃうんだよな……。

千尋はすぐ目の前にある漣の整った顔を見つめた。あと十五センチ、顔を近づければその唇に口づけられる距離だ。

父親と顔はそっくりだけど、雰囲気は全然違うな……。口なんか、への字だし。冷たい印象だけど、でも父親に感じた残酷さは少しもないんだよな……。

ふと、突然キスしたら、漣がどういう反応を示すのか興味が湧《わ》いた。さきほど漣にふられたばかりなのだが、そうしたい、という欲望が千尋の中に溢れてくる。

「……漣」

名を呼んで口づけようとすると、漣が慌てて顔をのけぞらせた。

千尋の唇は漣の頬を掠めただけで、いたずらは不発に終わってしまう。

「と、突然、なにするんですか！」

「さっきふられたから、しかえし」

動揺する漣に、上目遣いでかわいらしく千尋は答えてみる。そのようすは年下の後輩をからかって玩具にする先輩以外のなにものでもない。

そんな千尋に漣が思い切り醒《さ》めた視線を向ける。

「馬鹿か……」

「なんだよそれ。……あの晩、俺の中で何回もイったくせに。キスだって、いっぱいしただろう？」

「そ、それは……」

「痛いのは嫌だから、もうあんなの御免だけど……ん？」

事実を指摘されうろたえる漣の顔を見ながら、千尋はついさっき逃したなにかを捕らえられそうな気がしてきた。キーは漣だった。漣か、漣にまつわるなにか、だ。

キス……痛い……漣……。なんだろう、これって……。

沈思している間に、千尋たちは部屋に着いた。既に凪は救急箱持参の上、奥の寝間でふたりを待っていた。

「治療の前に服を脱がせよう。千尋ちゃん、砂浜に寝転がってたから、髪も服も砂まみれだ。このまま寝たら布団が砂まみれになっちゃうからね」

「はぁ……」

いったん畳の上に座らされ、千尋は着ていた服を脱ぎはじめる。シャツは自分で脱げるとして、問題はジーンズだった。

「凪、シャツはいいとしてジーンズはどうする？　腫れがひどくて足が抜けないかも」

「鋏《はさみ》で切るんだよ。スリットみたいに鋏を入れて、それから脱がせるんだ」

そう答えると、凪はざくざくとジーンズの布地に鋏を入れてゆく。

ふたりの男にズボンを脱がされた千尋は、足首に湿布を張られ、包帯を巻かれた。そして再び凪が千尋の足首に手をかざす。

五分ほどして治療が終わり、漣の手を借りて浴衣を着ながら千尋が尋ねる。

「……足首、固定しなくていいんですか？」

「んー、たぶん大丈夫。今、俺、絶好調だから。……うまくいけば、明日には歩けるようになるよ」

「まさか！」

嘘のように痛みが軽くなったとはいえ、足首が折れていたのだ。歩ける、ということは砕かれた骨がつながり、腫れも引くということなのだ。

それも、たったの一晩で。

千尋が信じられないのも当然であった。

「信じられないのもしょうがないけどね……。そうそう、今日は俺、この部屋で寝るから。もし、足が痛くなったら、すぐ俺に言うこと。わかった？」

「はい……」

この部屋に……か。もし、なにかあったら、手を出されたら、どうしよう……。

医者がそばにいる心強さを感じつつも、千尋は少し怯えてしまった。それが顔に出たのか、苦笑しながら凪が千尋の頭に手をのせ、優しく髪をかき回した。

「大丈夫、怪我人に手は出さないから。安心してゆっくり休みなさい。そうだ。漣もいっしょに寝るか?」

「俺はいい」

「なにを遠慮してんだよ。俺たち婚約者なんだし、もっと千尋ちゃんと親睦を深める必要があるだろう?」

「婚約者候補、だ。俺はただの頭数に過ぎないし、それ以上に、先輩と親睦を深める気はない」

「そんなつれないことを言うもんじゃないよ。千尋ちゃんだって、おまえがいた方が安心できると思うし。ね、千尋ちゃん」

「え? は、はい」

急に話をふられ、なりゆき上、千尋がうなずいた。

「そうと決まったら寝る用意だな。ほら、漣、布団敷け、布団。千尋ちゃんを挟んで川の字で寝るからな」

楽しそうに笑いながら、凪が救急箱を片づけ、部屋を出て行った。凪に言いくるめられた漣は舌打ちし、不機嫌そうな顔で布団を敷きはじめる。

「まったく……」

「ごめん。そんなに嫌だったら自分の部屋に戻るといいよ。凪さんには俺の方から言っておくから」

「…………」

「もちろん、いっしょに寝てくれた方がいいんだけど……。その方が安心できるし」

まっすぐ正面から漣に見つめられ、どうしてか千尋は緊張してしまう。

「トイレとかさ、ほら、支えてもらわないとひとりじゃ行けないじゃん？　だから……」

「パジャマ、取ってきます」

しどろもどろに安心する理由を説明しているうちに、漣はさっさと部屋を出て行った。

これは……いっしょに寝るって意思表示だよな？

表情が動かない上、言葉が端的なのでわかりづらいが、たぶん、そういうことなのだろうと千尋が推察する。

なんやかんやいって、漣は俺の頼みを聞いてくれるよなぁ……。優しいや。

そっと布団に横たわりつつ、千尋がほくそえむ。あおむけに寝転がった途端、急に睡魔が千尋を襲ってきた。

「お待たせ。……っと、千尋ちゃん、寝ちゃったのか」

「みたいだな」

目を閉じた千尋の耳に、漣と凪の会話が聞こえる。心地良く滑らかなふたつの声は、まるで子守唄のようだった。

「漣、さっき、おまえ治癒ができなくて後悔したろう？」

凪が甲斐甲斐《かいがい》しい手つきで千尋の体にかけ布団を被せる。千尋に向けるまなざしは、完全に保護者の――父親か兄の――それだった。

「攻撃が得意といっても、千尋ちゃんを本当の意味で守ろうと思ったら、いずれ治癒の技も必要になるぞ？」

「……そうだな。それは否定しない。だが、その『いずれ』はない。婚約者選びが終わった時点で、先輩をガードする役目も終わりだ」

「こんの意地っ張りが」

「おまえがそうして俺を助けようとしているのはわかってる。ありがとう」

「わかってんなら、年長者の言うことを聞けっての。普段は聞きわけがいいくせに、肝心なことは頑固に逆らいやがって」

「ごめん……」

しおらしげな声で漣が謝ると、凪がため息をついた。そして、沈黙が広がる。

千尋はそのまま寝入ってしまったが、夜中に体が痛くて目が覚めた。寝返りが打てないので、同じ姿勢を取り続けたのが原因だった。

「どうした、千尋ちゃん。喉が渇いたか？」

薄目を開けた千尋に、布団の上であぐらをかいていた凪がすぐに声をかけてくる。

「腰が痛くて……」

「そうか。ちょっと待ってろ」

凪が千尋の腰に手をかざした。それまで暗闇に覆われていた室内が、凪の手から発せられた温かな金色の光で照らされる。

「光……。凪さんの手から光が出てる。なんで⁉」

「これが見えるのか？　封印が解けたとはいえ、ずいぶん早いな……。いや、もともと加賀見は目がいい。本家生粋の万華鏡となれば、それも当然か……」

「本家？　どういうことですか？」

加賀見の本家、とはどういう意味であろうか。凪は千尋本人すら知らない事情を知っているような口ぶりであった。

俺、母親以外の自分の親戚《しんせき》のこと、なにも知らないんだよな。……父親のことも含めて。

身を乗り出しかけた千尋を凪が制した。思いがけず厳しい顔を向けられる。

「なんでもないよ。千尋ちゃんは知らない方がいいことだ。時期がくれば、梓さんが説明する。それまで待つんだ。……ところで、腰の具合はどう？」

尋ねられて、改めて千尋は腰の痛みが綺麗になくなっていることに気づいた。

骨折の時といい、今回といい、便利この上ない凪の能力である。

「楽になりました。ありがとうございます」

「どういたしまして」

笑顔で凪が答える。体から痛みが引いたこともあり、目を閉じた千尋は、すぐに眠りに落ちたのだった。


遠くでこどもの泣き声がしていた。大声で泣きわめくのではない。自分が泣いていることを誰にも気取られないよう、声を押し殺し、忍び泣いている。

それを、千尋はとても悲しく感じた。

濃い緑の森の中、白い霧が漂い視界を覆う。こんな景色は見たことがなかったので、千尋は、自分が今、夢を見ているのだと気がついた。

夢の中か……。でも、どうしてこどもが泣く夢なんか見るんだ？　それに、泣いているのは誰なんだろう……。

知りたい、と思った瞬間、霧が割れ、粗末な家の前でしゃがんでいる、小学校低学年くらいのこどもの姿が現れた。夢というのは本当に都合の良いものである。

「どうしたの？」

泥まみれになった着物姿のこどもに千尋が話しかける。

こどもはとても瘦《や》せていて、袖からのぞく手や手首はほとんど骨に皮が張りついている
ようであった。見れば、肘と腕に土のついたままの大きなすり傷があった。
これは、痛そうだな……。
思わず千尋が顔をしかめる。
こどもは返事をせず、千尋の声も届いていないようだった。細い肩に手を伸ばしたが、
その手はこどもをすり抜けてしまう。
「おっと……！」
つんのめりそうになった千尋だが、もちろん、こどもは気づかない。そして、ふり絞る
ような声でつぶやいた。
「強くならなきゃ……。俺は、強くならなきゃいけないんだ。力が欲しい。誰にも負けな
いくらい、強い力が……！」
力が欲しい、という言葉は殺伐とした印象を与える。なのに、その声はあくまで悲しい。
聞いている千尋の胸が締めつけられるほどに。
抱き締めたいと思っても、手は宙をつかむばかりだ。それでも、と思ってこどもの手に
手を重ねると、なぜか肉に触れる感覚があった。
千尋はその手を強く握り締める。慰める言葉が届かないなら、せめてそれで気持ちが慰
められれば、と、強く願わずにはいられなかった。

「……あ……」

頬に温かいものが伝う感触に、千尋の目が覚めた。

眠りながら、千尋は泣いていたようだ。

「変なの……。あれ？」

涙を拭おうとしたが、右手が自由にならない。顔をそちらに向けると、いつの間にか隣で寝ていた漣の手に、千尋の手がしっかりと握られていた。

「うわっ！」

千尋が驚きの声をあげた途端、漣が目を開いた。漣は険しい顔で千尋を睨みつける。

「……先輩、あんた俺の夢に入ってきたな」

「え？　夢の中に入る？　そんなこと、できるわけないいじゃん⁉」

「できるんですよ、加賀見のヤツらは……。人の心をのぞくのが得意なんだ」

吐き捨てるように言うと、漣が乱暴に千尋の手をふり払った。千尋のまなざしを恐れるように、顔を手で覆って立ちあがる。

さっぱり心当たりのなかった千尋は、ぽかんと口を開けて漣を見ている。そして、音高くふすまを閉め、漣が部屋を出て行った。

「あぁもう……朝っぱらからうるさいなぁ……。こっちはさっき眠ったばかりなんだぞ……」

掠れ声がしたかと思うと、かけ布団の中にもぐり込んでいた凪が起きあがる。

凪の顔色は悪く、目も真っ赤に充血していて、とても疲れているようだった。

「千尋ちゃん、足、具合どう？」

「足……ですか？」

凪に尋ねられ、おっかなびっくり足首に力を入れてみる。

「痛くない！」

興奮に大きな声を出しながら、千尋がかけ布団を剝《は》がした。足首に巻いた包帯がゆるゆるになっている。

昨日の夜、足首はふくらはぎと同じくらい腫れていた……はずなのに……！

試しに足首を動かしたがまったく痛みはない。次に敷布団の上に立ちあがり、その場で足踏みしてみたが、なんともなかった。

昨晩の凪の言葉通り、千尋の怪我はたった一晩で、奇跡のように完治したのだ。

「うっわぁ！　すごい!!」

屈託ない笑みを浮かべ、千尋は大きな口を開けてあくびする凪の手を両手で握った。

「ありがとう、凪さん！　すごい。こんなことができるんだ」

「……正直、できるかどうかは半々だったんだけどね……。千尋ちゃんのおかげだよ」

「俺の？」

「そう。一昨日の晩、千尋ちゃんからたっぷり力をもらったから。それで俺の治癒能力もレベルアップしたんだ」

意味ありげな笑みを浮かべ、凪が千尋の手の甲に口づけをする。ふいうちのような口づけに、千尋の頬が真っ赤に染まる。

「ちょっと、凪さん!!」

「感謝の気持ち。以前の俺だったら……そうだな、つきっきりで丸一日以上かかったろうな。千尋ちゃんは、やっぱりすごい。改めて婚約者候補になれたことを嬉しく思うよ」

千尋の手をしっかりと握ったまま、凪の顔が近づいてくる。

「な、凪さん!?」

「……ごめん、限界……」

耳元で声がした、と思ったら軽やかな寝息にとってかわった。抱きとめる体が重みを増して、千尋は凪ごと背中から布団へ倒れ込んでしまう。

「凪さん、寝ちゃったんですか？　おーい」

ぺしぺしと背中を軽く叩いてみたが、凪はすっかり寝ているのか、まったく起きる気配がない。

「ずいぶん、無理したんだろうなぁ。俺の容態を見ながら完徹したみたいだし」

「治癒の技は、とても疲れるものなのですよ」

「照さん！」

いつの間にやってきたのか、照が寝間のふすまの前に立っていた。

「話は聞いていますよ。昨日、邦彦に足を折られたんですって？　お加減はいかがですか？」

「もう大丈夫です。凪さんのおかげで、すっかり治りました」

「それは良かった。……凪、起きなさい」

照がしゃがんで、凪の肩を揺さぶった。

「……あと三時間、このまま眠らせて……」

「眠っていいから、千尋くんを離しなさい」

「やだ」

目をつぶったまま受け答えをしていた凪が、改めて千尋をしっかり抱き締めた。

抱き締めたといっても性愛的な色合いはなく、千尋を抱き枕にしているだけだ。

「こら、凪！　いい加減に……」

「いいですよ、照さん、このままで。三時間で凪さんも起きるって言ってますし、たいしたことありませんから」

なにより、凪には恩がある。三時間ほど抱き枕になるくらいでそれが返せるのならば、千尋にとっても願ったりかなったりだ。

殊勝に答える千尋に、照が目を見開いた。顔色がかわり、硬く尖った声で問いかける。

「千尋くん、あなたは凪を選ぶのですか？」

「ち、違いますよ！　どうしてそうなるんですか‼　ただ俺は、凪さんへのお礼になるならって思っただけで……」

「そう？　それならいいんですが……。凪、私の目の届かないところで、抜けがけはしないように。それじゃあ、千尋くん。後でいっしょに食事をしようね」

複雑な顔で凪に釘を刺すと、照はちゃっかり千尋と食事の約束を取りつけてから寝間を出て行った。

「ごめんね、千尋ちゃん。ありがと」

ふたりきりになった途端、凪がいたずらっこのような顔で笑った。そうして、改めて布団に横たわると、かけ布団を持ちあげ、「おいで」と千尋を誘った。

千尋はどうしたものか、と考えたものの有言実行を貫徹することにした。

凪の布団と自分が寝ていた布団をくっつけると枕持参で凪の隣に身をすべらせた。

「……あぁ、あったかいなぁ……」

ひと回り小さな千尋の体に腕を回しながら、凪がしみじみとした声で言う。

まるで、冬の寒い晩、湯船に浸《っ》かった時のように。

「はぁ……。でも俺、そんなに体温高い方じゃないですよ？」

「そういう意味じゃなくってさ。千尋ちゃんのエネルギーっていうか気はね、俺には温かく感じるんだよ。あぁ、癒《いや》されるなぁ……」

「そういえば、凪さんの体、今日は冷たいですよね」

この間の夜、肌を重ねた時はあんなに熱かったというのに。

肌身を交わした記憶を思い出しても、千尋の体に特に変化はない。凪はすぐに寝息をたてはじめ、千尋もそれに誘われるように眠りに落ちてしまった。

そしてまた、夢の中で千尋は見慣れない場所にいる自分に気づいた。

知らない屋敷の中におり、とまどう千尋の前に痛みを訴える者が次々と現れる。

腕や足が千切れそうになった者。真っ青な顔や、あるいは黒くむくんだ顔をして、内臓の不調を嘆く者。

『助けてください、凪様』

悲痛な声に、千尋は自分がどうやら凪の夢に入ってしまったのだと気づいた。

さっきの漣のアレ……。嘘だと思ってたけど、どうやら本当みたいだ……。

さきほど同様、千尋は凪の横に透明な傍観者として立っていた。

凪と呼ばれた者は十歳ほどの少年の姿をしている。小さな凪は、どす黒い顔をして横たわる瀕死《ひんし》の男に向かって治癒の光を送り続けていた。

『死んじゃダメ。ダメ!!』

利発そうな目に大粒の涙を浮かべながら、凪が悲鳴のような声で叫ぶ。しかし、その光は昨晩千尋が見たものと比べると、とても小さく弱々しい。

『……あっ……』

いとけない声がしたかと思うと、凪がうなだれる。悲しげな凪の姿に、男が命を落としたと、千尋にも察せられた。

つらいな……。さっきの漣の過去もつらかったけど、凪さんの過去は、また違ったつらさがある。

落胆した少年のきゃしゃな肩を、千尋は抱き締めてやりたかった。

そして、すぐに場面が切りかわり、違う場所に移動した。今度は、血まみれになった男が目の前に横たわっている。凪もまた中学生くらいに成長していた。

『しっかりしろ、気を強く持て!』

凪が自分よりだいぶ年上の男を叱咤《しった》する。男の腹は内側から食い破られており、黒く細長い毛の生えたなにかが、そこから何匹も顔を出していた。

グロテスクな光景に、千尋は吐き気を覚える。闇色の獣を凪は捕らえ、そして水晶の中に封じ込めた。

しかし、一匹封じ込める間にも、男の腹からは次から次へと異形の物が姿を現している。

『これじゃあ、キリがない。でも、これを始末しないと傷を塞げないし……』

そう凪がつぶやいた直後に、男の目から光が消えた。凪が息を飲み、そして悔しげに床を拳《こぶし》で叩く。

成長した凪は涙こそ流さなかったが、眉をひそめ、きつく唇を噛み締めていた。

同じような光景が、幾つも幾つも、千尋の眼前で繰り広げられた。まるで、地獄の責め苦のように。

しかも、そのすべてにおいて、凪は治癒に失敗していた。

あぁ……これは、凪さんの後悔の記憶なんだ……。

もちろん、今まで凪がほどこした治癒の術のうち、成功したものもあるだろう。

しかし、凪はそれよりも失敗した経験を、失われた命を深く心に刻んでいたのだ。こうして夢に見るほどに。

凪さんがそんなふうに思っていたなんて、俺は少しも知らなかった。つらいことなんかひとつもないみたいに笑ってることが多かったから……。でも、それは違ったんだ。

失望と無力感を乗り越えてこその、凪の笑顔だった。

『泣いても笑っても人生なんだから、どうせだったら笑顔で過ごした方が得だろう？　それに、笑うと免疫力があがって病気の治りも早くなるんだよ』

いつか、家に遊びにきた凪がそう言っていたことを思い出す。

そうするうちに三時間が過ぎ、スマホのアラーム音で千尋は目を覚ました。

「ん……」

目を開けると、腕を伸ばしてスマホを操作する凪の姿があった。音を止めた凪が千尋に笑顔を向ける。

「おはよう」

「はぁ……」

スッキリした凪と対象的に千尋の顔は冴《さ》えない。

頭の芯《しん》が重い……。寝すぎたからかな？　もっと眠りたい。

「ううう……」

起きるか寝るか迷っているうちに、隣の凪はさっさと布団から抜け出していた。

「千尋ちゃん、俺の夢に入っただろう？」

静かな声で問われて、千尋の目がいっきに醒めた。慌てて跳ね起き、布団の上で正座すると、深々と凪に頭をさげる。

「ごっ、ごめんなさい。わざとじゃないんです」

「わかってるよ。漣とのやりとりを聞いて、俺もそれなりにガードをしていた。しかし、それを破るほど、千尋ちゃんの力が強くなってるんだよ」

「……そうなんです……か？　でも力って言われても、なにがなんだかさっぱりです」

ぽかんとするしかない千尋に、難しい顔で凪が説明をする。

「二十歳になって封印が解けて、千尋ちゃんが本来持っていた力が目覚めはじめているんだ。とはいえ、たった三日でここまでとはね。コントロールできた方がいい。こりゃあ照の出番だな」

「コントロール？　照さん？　どうしてですか？」

「千尋ちゃんも、寝るたびに他人の夢の中に入ってたら大変だろう？　自分の意志で抑えられるようになれば、それにこしたことはない。そして、そのための方法を教えるのは、照が適任だ。これまで村人を幾人も育てているし、族長の息子だったから加賀見の技にもある程度通じている。千尋ちゃんも安心して教わるといい」

「わかりました。そうします」

即座に千尋はうなずいた。

他人の隠したい過去を見るのは、あまり気が進まない。「他人の不幸は蜜の味」という言葉もあるけど、俺には漣も凪さんもそんなふうに思う対象じゃないし、肝心の過去もつらすぎて……やりきれない。

夢に入ると、その場に自分がいるような感覚がある上、感情も夢の主と幾分か共有してしまうのだ。

第一、夢に入って、漣をあんなに怒らせちゃったし……。普段、ほとんど感情を表に出さないのに、あそこまで怒ったってことは、よほど知られたくない過去だったんだよなぁ……。


「そういえば、凪さんは勝手に俺が夢に入ったのに、怒らないんですね」

「怒ったってどうしようもないからなぁ。千尋ちゃんに悪気はないし、コントロールできないんならしょうがない。これで修行を真面目にしなかったら、お兄さんも怒るけどね」

「ありがとうございます。なんかもう……すみません……。頑張って、少しでも早く、迷惑かけないようになります」

殊勝な顔をした千尋に、凪がウィンクをする。余裕のある態度は、まさに成熟した男のものだった。

「漣があれだけ怒ったのは、まだ若くて尻が青いからで、千尋ちゃんだけが悪いわけじゃないよ。こういうのは、お互いさまだからね」

そう言って凪が伸びをした。そのタイミングを見計らったように、ふすまの向こうから照が声をかけてきた。

「三時間経ちましたよ。ふたりとも起きていますか？」

「今、起きたところだ。ちょうどいい、おまえに話がある」

「話？　いったい、なんの話ですか？」

「またまたとぼけちゃって。わかってるんだろう、おまえなら。……詳しいことは、飯を食いながら話すか。行こう、千尋ちゃん」

そうして三人は寝間から居間へと移動した。

「……なるほど。話はわかりました」

食事をしながら、凪が今朝《けさ》の経緯を説明すると、照がゆっくりとうなずいた。

「千尋くんも、突然力が発現して驚いたでしょう。私でよければ、修行の手助けをさせていただきますよ」

照が慈愛に満ちた笑顔を千尋に向ける。

「では、食事を終えたら食休みを取って、すぐにはじめましょう。善は急げ、と言いますしね」

「ありがとうございます。でも……照さんはお忙しいんじゃないですか？」

「君のためなら、いくらでも時間を空けますよ」

恐縮する千尋に、照が甘い声で返す。

「昨晩は漣と凪にいいところを持って行かれてしまいましたしね。ここで私も株をあげておかなければ」

「……ははは……」

口説く気満々の照に、千尋はうつろに笑うしかなかった。嬉しげな照の顔を見つめるうちに、ふと、千尋はここにはいない三人目の婚約者候補のことが気になり出した。

「あの……、漣は、どうしてますか？」

座卓に箸を置き、おずおずと千尋が尋ねる。

凪さんは悪くないって言ってくれたけど、やっぱりきちんと謝るべきだよな。ごめんって。もうあんなことしないように注意するからって。

漣のことを話題に出した途端、照が眉をよせ、不快さを滲ませた声で答える。

「漣でしたら、自分の家に戻ると言って、屋敷を出ました」

「自分の家？」

「そうです。婚約者選びの間だけ、漣はここで寝起きすることを許されています。いつもは村外れの自分の家に帰るのですよ」

「そこ、遠いんですか？　俺、漣に今朝のことをきちんと謝りたいんです」

「必要ありません。千尋くん、君は修行を優先すべきです。わざわざ君が行かなくとも、漣ならば放っておけば、いずれここに戻ってきますからね」

ぴしゃりと跳ねのけるような物言いに、千尋が肩をすくめる。

婚約者候補でライバル……ってだけじゃなくて、照さんは漣が嫌いなんだ。だって、凪さんへの態度と全然違う。親の敵の邦彦のこどもで顔もそっくりだし、感情的になってもしょうがないんだろうけど……。

それじゃあ、漣が可哀想だ。あいつは、全然悪くない。ぶっきらぼうだけど、優しくて、いい奴なのに。

千尋が心の中でつぶやく。

とはいえ、それをそのまま口にすれば、照の漣への悪感情が増してしまうだけだ。

なにより、漣に対しての嫌悪があっても、照の言葉は正論だった。

「そうですね……。わかりました」

ただ謝るより、反省してこれだけ頑張りました、と形にして示す方が、漣に対してより誠意が伝わるかもしれない。

千尋はそう前向きに捉え直し、修行に挑むことを決めたのだった。


食休みを終えて早々に、千尋は風呂《ふろ》に入るよう言われた。湯船を出ると白い着物が用意されていた。これを着ろ、ということらしい。

和服に慣れていない千尋は、照の手を借りてそれを身につける。

「千尋くん両手をあげて」

「はい」

嬉《うれ》しげな声に従って、千尋は両手をあげた。帯を取り、照が慣れた手つきでくるくると千尋の胴に巻きつけてゆく。

「襦袢《じゅばん》くらいはひとりで着られるように、今度ちゃんと教えてあげましょう」

「ありがとうございます。……なんか照さん、距離が近くないですか？」

「ふふふ。気のせいですよ、気のせい」

含み笑いをしながら、照が千尋の体を抱き締めるように帯を結ぶ。

絶対これは、わざとくっついてるよなぁ……。男なんかに抱きついて、なにが楽しいんだか。

首を傾《かし》げる千尋の帯を締めると、照が背中をぽん、と叩《たた》いた。

「それでは行きましょう。叔父《おじ》に言って道場のひとつを使う許可を得ました。すぐにでもはじめられますよ」

浴室から道場に向かうと、またしても迷路のように入り組んだ廊下を歩かされる。

丁字路のような場所に出た時、千尋は目の前にいた照の袖をつかんだ。

「照さん……この屋敷って、大きいけど、ここまで歩かなくちゃいけないくらい広い屋敷とも思えないんですけど……。見た目と中身、ずいぶん違いませんか？」

廊下には歪《ゆが》んだような固まったような、空気に独特の感触がある。

ひんやりとしたその空気に呑《の》まれ、千尋の声が小さくなった。

袖を引かれた照が、足を止め、目を見開いてふり返る。

「よく気づきましたね。その通りです。この屋敷にはいろいろとしかけをほどこしているのですよ」

にっこりと微笑《ほほえ》むと、照が再び足を運び出す。

「空間を曲げてつないでありますから、正しいルートを辿《たど》らないと目的の場所には着かないようになっているんですよ。もちろん、屋敷には結界を張っていますから、中に入るにも通行証が必要です。それが具体的になにかは……教えられませんけれど」

「空間って、曲げられるものなのですか？」

「曲がると思えば曲がります。結界もそうですね。基本は〝そういうことにしてしまう〟ことです。意志や道具を使ってね。……さて、着きましたよ」

照が木製の引き戸を開けた。その部屋は窓がないため、昼間だというのに真っ暗であった。照は着物のたもとから燭台《しょくだい》を取り出すと、マッチで蠟燭《ろうそく》に火を点《つ》ける。

オレンジがかった黄色の光が、ほんのりと周囲を照らした。板敷きの、三畳ほどの小さな部屋で、ふたりが向かいあって座ると、それだけでいっぱいになってしまう。

「さて、はじめましょうか。この場所は、他の部屋の物音が届かないよう、完全に閉ざされた空間になっています。集中しやすいようにね」

照が燭台をふたりのちょうど真ん中に置いた。

炎が揺らめき、千尋は逢魔《おうま》が時《とき》という言葉を思い出した。

ちょうど、夕方くらいの明るさなんだな……。

「千尋くん、まずは呼吸法の練習をします。これが、すべての基本ですから。腹式呼吸をしたことは?」

「やったことがある、くらいです」

「そうですか。まず、最初に息を吐きます。そして、吐き切ったと思ったら、いったん息を止めて、最後にほんの少し残った空気もフッ、フッ、フッと、三回かけて吐き切ります。そして、ひと呼吸おいた後、ゆっくりと鼻から息を吸い込みます。お腹を膨らませながら空気を入れて、限界まで入った、と思ったらいったん息を止め、体から力を抜きます。そしてまたひと呼吸おいてから吐き出す……のくり返しです。わかりましたか?」

「最初は、吐くんですよね?」

「はい。正式には、吸う時と吐く時は、同じ時間をかけ、ひと呼吸おくところも、同じ時間、息を止めるのですが、今はまだ、できなくても構いません。……どうぞ、やってみてください」

目を閉じて、千尋は自分の呼吸に集中した。ゆっくりと息を吐いて吸う。

ほの明かりに包まれた部屋に、ただ、千尋の呼吸音だけが響く。

呼吸だけに集中しているうちに、ほかほかと体が温かくなってきた。それに従い、千尋の頭の中が空っぽになってゆく。

どれほどの時間が経ったろうか。

それまで無言でいた照が、落ち着いた声で話しかけてきた。

「……千尋くん……ゆっくりと目を開けて」

薄目を開けた千尋に、照が言葉を続ける。

「そのまま自分の体を見てください。……なにが見えますか？」

言われるままに、千尋は自分の両手を見た。いつもとかわらぬ自分の手、のはずだった。

「……え……？　なにこれ、手から……金色の炎みたいのが……」

「それは君の気です。里では、オーラとも言うらしいですね。千尋くんが腹式呼吸をしている間に、同調させてもらいました。今、君は私の目を使って見ているんですよ」

急激な視覚の変化にとまどう千尋に、照が説明をする。

「そんなことも……できるんですか……。あっ！」

体から溢《あふ》れ出る金の光を見ていた千尋だが、頭をあげて照を見た瞬間、息を飲んだ。

照の周囲は青白い光で覆われており、その背後に大きな蛇がとぐろを巻いていたのだ。

蛇の体色は照のオーラと同じで青白く、とぐろを巻いている状態で正座した照の顔とほぼ同じ高さに頭があった。それほどの、大蛇である。

「蛇っ！」

「驚いた……そこまで見えるのですか？　そうです。これは私の眷属《けんぞく》ですよ。術を使役するのに使ったり、身を守ってくれたり……そういうモノです。噛《か》みついたりしないから、あまり怯《おび》えないでくださいね」

そう言われても、赤く光る瞳《ひとみ》の恐ろしさに、千尋は生きた心地もしなかった。

背中にじっとりと冷たい汗が流れる。

「蛇は我が一族のトーテム……守り神です。誰《だれ》でも大なり小なり憑《つ》いているんですよ。憑いている、といっても怨霊《おんりょう》ではありません。守護神のようなものです。蛇が獲物を見つけて飛びかかる姿は、まるで剣のようでしょう？　一族の名称は、ここから名づけられた、と聞いています。そしてそれは千尋くん、君の一族も同様なのですよ」

「加賀見が……ですか？」

「そう、蛇の頭の形が鏡……銅鏡ですね、に似ている、という説もありますし、光を反射する性質が暗闇《くらやみ》で光る蛇の目のようだから、という説もあります。私は後者だと思います。とにかく、加賀見は目の良い一族ですから」

「目、ですか……」

「いずれにせよ、もともと、私たちは同族なのです。同じモノを祀《まつ》り、同じモノを族の名に選んでいても不思議はありませんね」

「もうひとつ、一族がありましたよね。玉城……でしたっけ。その一族はなにが得意なんですか？」

千尋の質問に、ゆらり、と照の後ろで蛇が動いた。爛々《らんらん》と光る目で千尋を睨《にら》みつけ、威《い》嚇《かく》するように牙《きば》をむいた。

「うわっ！」

「……そんなに驚かないでください。この子は私の感情に反応しただけです。最後の玉城は……卵ですね。蛇の脱皮能力を族名の由来にした、と聞いています。治癒に特化した一族と聞いていますが……」

そこで考え込むように照は口を閉ざしてしまった。

その時、千尋の魂の奥深いところから「それは知らない方がいい」と声なき声が語りかけ、同時に全身を寒気が襲った。

このことは知らない方がいい。そう思った瞬間、今までの好奇心が嘘《うそ》のように消えていった。

「ごめんなさい、それはもういいです。知らない方がいいことだって感じますから」

「……そうですか。それは良かった」

千尋の言葉に、照が晴れやかな笑顔を見せた。それに伴い、背後にいた蛇が音もなく千尋の前にやってきた。

赤い舌を伸ばし、千尋の体から溢れる金色の光をチロリと舐《な》めた。

ひと舐めした蛇はその味が気に入ったのか、千尋の気をペロリペロリと舐め続ける。

「……なにしてるんですか、この蛇」

「美味《おい》しいから食べているんでしょう。君の体から流れる気は、こういったモノたちにも力を与えるんですよ」

「えぇ⁉」

千尋が大声を出して背後にのけぞった。その声に驚いたか、蛇はゆっくりと照の後ろに戻ってゆく。

「あの……ってことはアレですか、俺、こういうのにも好かれるってことですか？」

「好かれます」

「それはその、どうやったらやめさせることができるんでしょうか？」

「まずは、だだ漏れになっている気を抑えることから、でしょうかね。気を抑えて、なおかつ身を守るための術を身につけるしかないでしょう」

「……できなきゃいけないことが、たくさんあるんですねぇ……」

あまりにも課題が山積みで、途方に暮れて千尋がつぶやく。

勝手に人の夢に入らない。気を抑えて、気を奪われないように身を守る。それ以外にも覚える必要のある技が、まだまだあるに違いなかった。

「普通は幼い頃に覚えるものですからね。成人してから修行をはじめるのは大変とは思いますが、大丈夫ですよ。千尋くんは筋がいい。きっと二年か三年もあれば基礎的なことは、すべて身につきます」

「二年か三年……」

　気の長い話に、千尋は絶望的な気分になった。

「もうちょっとこう、パパパっとできるようになりませんかねぇ……」

「千尋くん、急《せ》いては事を仕損じる、ですよ。焦りは禁物です。こういうことは多少時間がかかっても、じっくりと確実に進めるべきです」

「はぁ……」

　がっくりと肩を落とす千尋を、照はうっとりした目で見つめている。

「こうして暗闇で見ると、あなたの放つ光はとても美しいですね。花のようです」

「花……ですか？」

「そうです。花のように美しく、蜜《みつ》のように甘い光です。さながら私は、それに群がる蜂《はち》でしょうか。私だけではなく、万人に華と映る加賀見の者……。万華鏡というのは、かつては、加賀見一族の、君と同じ気を持つ者につけられた称号がはじまりだそうです」

「……………」

　あけすけな照の賞賛と恍惚《こうこつ》としたまなざしが気恥ずかしく、千尋の頬《ほお》が薄紅に染まる。

　なんか……そうあからさまに褒められるとやっぱり照れちゃうよなぁ……。凪さんとか……漣にも、俺は綺麗《きれい》に……魅力的に見えているんだろうか？

「だったらいいのに……な……」

「なにがですか？」

千尋のつぶやきに、照がいぶかしげな顔をする。

「なんでもないです！　なんでも!!　そうだ、修行！　修行の続きをしましょう！」

両手をふって千尋は話題を戻した。そんな千尋に賛同するように、照の後ろで蛇がこっくりとうなずいた。

俺、なにを考えていたんだろう……。男が男に綺麗って思われたいなんて、どう考えてもおかしいだろう!?

人より抜きん出た美貌《びぼう》を持つ千尋だけに、そんなことを思うのは初めてだった。

俺は、誰に綺麗って思われたかったんだろう。凪さんか……漣か……。でも、はっきりとそれがわかるのが怖いような、俺はもうその答えを知っているような……。いやいや、こんなこと考えてる場合じゃないだろ。

千尋は自分を叱咤《しった》すると、改めて照に向き直る。

その日の訓練は、結局「見る」ことに終始した。照が同調を解き、今度は自力で同じ状態になるように試みる。

最初は雲をつかむようであったが、コツは焦点の合わせ方と、照に同調していた時の感覚を再現させることとわかった後は簡単だった。

小一時間も経つと、千尋はすっかり視覚を切りかえられるようになっていた。

「うん。やはり最初とは思えないくらい上手にできるようになりましたね。今日はこれで終わりです。千尋くんも疲れたでしょう？」

「ご指導、ありがとうございました」

深々と千尋が頭《こうべ》を垂れる。照がすました顔でうなずいて、即席の師弟は連れ立って道場を出た。

再び迷路のような廊下を歩き、自室に戻ると、凪と仏頂面の漣が待っていた。

「おかえり千尋ちゃん。どうだった修行は？」

「まぁまぁってとこですかね。オーラとか見えるようになりましたよ」

座卓に腰をおろすと、凪が温かいお茶の入った湯呑みを千尋と照に出した。

この場で最年長のわりに――いや、だからこそか――よく気づくマメな男であった。

「千尋くんは、なかなか筋がいいですよ」

千尋の隣に腰を落ち着けると、優秀な弟子を持った師匠の顔で照が言った。

「ほうほう。ちょっとテストしてみようか。俺たちはどう見える？」

「見てもいいんですか？　ちょっと待ってくださいね。まだ時間がかかるんで」

千尋は目を閉じて呼吸を整えると、手にしたばかりの新しい視覚で正面に座る凪を見た。

赤、青、黄色、緑に紫。虹のようにたくさんの色が凪の体を包んでいた。中でも、一番強いのは緑色だ。

そして、凪の肩に小さな蛇がのっていた。とぐろを巻いた蛇はエメラルドでできたかのように美しく、透明で深い緑色をしている。

「うわぁ……綺麗だなぁ……。凪さんには小さな緑色の蛇がついてるんですね。照さんのに比べるとかわいいいや」

「おやおや、嬉しいことを言ってくれるねぇ。こいつも喜んでいるよ」

凪の肩にいた小蛇が自らの体に埋《うず》めていた頭を出すと、まるで挨拶《あいさつ》するかのようにおじぎをした。

「そういえば千尋ちゃん、蛇は平気？」

「ん……っと……、照さんの後ろの蛇は大きくて最初は怖かったけど、今は平気です。凪さんのはトカゲっぽくてかわいいかも。……漣のも見て、いいかな？」

今までその場に居たものの、一言も喋《しゃべ》らなかった漣に千尋が目を向けた。

「どうぞご自由に。見るなって言っても、どうせ先輩は見るんでしょう？」

「ごめん！」

冷ややかな視線に、千尋が肩をすくめる。

やっぱり漣はまだ朝のこと、怒ってるんだ……。早く謝っちゃいたいんだけど、他にふたりもいると謝りづらいし……。なんとかふたりっきりになれないものかなぁ。とはいえ、「寝間にきて」って誘うのも、問題がありそうだしなぁ……。

「漣、おまえなんて言い方をするんだ！　いい年して拗《す》ねんなよみっともない。ほら、千尋ちゃんに謝れ」

「……すみませんでした」

すかさず凪がフォローを入れ、全然悪いと思っていない顔で漣が謝る。

「漣が謝ることないよ。もともと、俺が悪いんだし。朝のこと、ごめん。照さんに、力のコントロールの方法を教わりはじめたし、もう二度とあんなことがないよう、俺も気をつけるよ」

「………」

眉《まゆ》をひそめて漣は千尋の謝罪の言葉を聞いている。

相変わらず漣の表情は硬く冷たいままだった。けれども、ほんの少しだけ強張《こわば》りが解けた気がして、千尋は「謝ったんだし、これでいいか」とわりきることにした。

「それじゃあ、見させてもらうね。………」

再び意識を集中させて千尋は漣を見つめた。

黒い……オーラ……？　いや違う、黒に近いほど深い青、藍《あい》色だ。ところどころ、ピカピカ金色の光が出ていて夜空みたいなんだけど……すごく悲しい景色だよな。

例えるならば、冬の夜空だ。

星は大きく瞬くが、凍《い》てつく寒さが他人を拒絶しているようである。

そして、漣の陰に隠れるようにひっそりと、やはり濃い藍色の蛇が潜んでいた。胴体の直径は十センチほどもあろうか、照の蛇より小さいとはいえ、かなり大きい。

蛇は千尋を警戒しているのか、爛々と目を赤く光らせている。威嚇こそしていないが、手を伸ばせば即座に噛みつくだろう、そんなふうに見えた。

「あれ……この蛇……怪我《けが》してない？」

漣の体に隠れているはずの部分に、千尋は違和感を覚える。あるはずのない血の臭《にお》いを嗅《か》いだような気がした。

「血の臭いがする。でも、こういうものって、どうやって治療するんですか？」

傷ついているから、怯えているんだ。ならば、怪我を治せばいい、そう千尋は考える。

「俺が治せればいいんだけどね、こっちはそうもいかないんだよ。でも、千尋ちゃんだったら治せるかもしれないよ。なあ、照？」

「そうですね。千尋くんならばできるでしょう。やってみますか？」

心なしか悔しそうな顔をしつつ、照がうなずいた。自分ならば治せる、と聞いた千尋は俄然《がぜん》やる気になり、不機嫌な照にやり方を尋ねる。

「ただ、手をさし出せばいいんですよ。後は、漣の方で勝手にやります」

「そうですか。……はい、どうぞ」

どうぞ、と言うのもおかしなものだが千尋が右手をさし出すと、おずおずと大蛇が主人の顔を見た。漣がうなずくと、いそいそと千尋に体を伸ばしてくる。

藍色の蛇が千尋の手のひらに舌を伸ばした。さきほどの照の蛇に比べれば、かなり遠慮しながら、千尋の体から溢れ出る金色の蜜を舐めはじめる。

目の前で蛇の胴体がうごめくと、細かなうろこが光を反射して輝いた。

綺麗だなぁ……。あ、首の近くを怪我してるんだ。血は止まってるみたいだけど、そこだけうろこがなくて、肉が見えて……すごく痛々しいなぁ……。

「……触ってもいい？」

「触りたければ触ればいいでしょう？　いちいち俺に断らなくていいですよ」

「漣！　そういう言い方はよさないか。まったく、ガキなんだから」

「いいんですよ、凪さん。じゃあ、遠慮なく。……ごめんね」

右手はそのままに、千尋は左手を蛇の傷口にかざした。

この光が湿布になるといいのに。

そう思うと、左手から溢れた光は蛇の傷口を覆った。食パンに蜂蜜を塗ったようなかんじだ。

藍色の蛇は驚いたように頭をあげ、自分の傷口を見た。そうして漣の体の陰に隠していた残り半分の胴体を引き出すと、別の傷を千尋に見せる。

どうやら治せと言いたいらしい。

「えーっと、こっちも同じことをすればいいのかな？」

千尋がとまどいつつ尋ねる。どうやら、藍色の蛇はすっかり千尋に心を許したようだ。

その光景を見て、凪が呆《あき》れ口調で言った。

「主人に比べると、眷属の方がよほど素直だな」

「調子がいいだけでしょう。気をもらって懐くなんて、本当にいぎたない。まったく、誰に似たのやらね」

「！」

照の言葉に漣の気配がかわった。鋭く息を飲み、下唇を噛みしめてうつむいた。

「俺は気にしてないから。むしろ懐いてもらえて嬉しいよ。どうせ漏れっ放しなんだから、こんなのいくらでもあげるし」

張りつめた空気に、千尋は場をとりなそうとあえてくだけた調子で言った。

しかし、千尋の言葉に喜んだのは眷族ばかりだ。ふたりの間の尖《とが》った気配はそのままで、凪がやってられない、というふうに肩をすくめる。

千尋もこのふたりのいさかいは放っておくしかないか、と思い直して蛇の治療に専念することにした。

もう一箇所の傷口も、千尋はさきほどと同じイメージで癒《いや》すことにした。光の湿布を傷口に当てると、蛇は千尋の手に頭を預けた。

「思ったよりサラっとした手触りだね」

よく考えれば——生身ではないにしろ——蛇に触るのは初めてだ。

「この傷は、つい最近できたみたいだね。君はいったい、いつ怪我したのかな？」

小さなこどもにするように、優しく話しかけると、蛇は困ったように漣を見た。

けれども漣はうつむいたまま答えようとしない。沈黙したままの漣にかわって、凪が眷属の通訳となった。

「昨日の夜だよ。千尋ちゃんが邦彦にやられた時」

「え!?」

「あの時の千尋ちゃんには見えなかっただろうけど、漣と邦彦は眷属どうしを戦わせていたんだ。つまり、これは千尋ちゃんを守るために負った傷だな」

「そんなことがあったんですか!?　漣、だったら言ってくれよ。教えてくれたら、俺、できることはなんでもしたのに……」

自分の知らぬ間に、そんな戦いがあったとは。千尋の顔から血の気が引いた。

千尋が恨めしげなまなざしを向けると、漣がそっけなく口を開いた。

「それが、俺の仕事ですから」

取りつく島もない漣の答えに、千尋が口を閉ざした。

そういう事情があったら、俺が寝てる間にでも、この蛇に俺の気を食わせれば良かったんだ。……どうせ俺にはわからないんだし、それくらい勝手にしても、俺は、全然構わないっていうのにさ。

でも、そういう真っ正直で、ずるをしないところが、こいつの長所、か……。漣は年下なんだし、先に俺が言えばいいんだよな。今度からは、そうしよう。

「……わかった。じゃあ、次にまた同じようなことがあったら、俺は問答無用でこの子に気をやる。怪我も治す。漣がどんなに嫌がっても、やる。いいな？」

きっぱりと千尋が宣言すると、漣が困り顔をした。照は忌々しそうに舌打ちをする。凪はといえば、そんな状況を楽しんでいるようであった。

「あの、凪さんも照さんも、同じですよ。欲しければ言ってください」

漣だけを贔屓《ひいき》していると思われるのはまずいと判断して千尋が提案すると、照と凪の眷属が、まるで獲物に飛びかかるように千尋のもとへやってきた。

「うわっ‼」

その迫力に気圧《けお》されて、千尋の体が背後に倒れる。照がすかさず腕を伸ばして千尋の背中を支えた。

「大丈夫ですか？」

「はい」

照に抱えられながら、千尋が返事をする。その間、蛇たちは千尋にはお構いなしに、貪《むさぼ》

るという表現がぴったりの勢いで蜂蜜色の気を舐めていた。

「ごめんね、千尋ちゃん。こいつ、漣の眷属は食べているのに、自分はお預けにされていたから、がっついちゃったんだよ」

小さなエメラルドの蛇を持ちあげて、凪が「めっ！」と叱《しか》る。小蛇は手の中で反抗するようにのたうつと、するりと凪の手をすり抜けて、千尋の肩にのってきた。

「好かれちゃった……かな？」

「そのようですね。万華鏡の気ですから、私たち同様、彼らにもとびきりのご馳走《ちそう》なんですよ」

「ご馳走……ねぇ……。なんか微妙な気分だけど……まぁいっか、喜んでるし」

これがもし、犬か猫に懐かれているのならば、大変心温まる光景であっただろう。しかし、眷属は蛇、しかも二匹は大蛇なのだ。

犬や猫と比べると、ちょっとビジュアル的にインパクトが強いけど……。どっちも同じ生き物だもんな、差別するのは人間の勝手で、動物にしたら可哀想《かわいそう》だよなぁ……。

それ以前に、この蛇たちは実在する生物ではない。しかし、見えて、触れて、質感もあるとなれば、千尋がそのように考えてしまうのも自然なことであった。

大蛇二匹と小蛇一匹がまとわりつくのを、最初は鷹揚《おうよう》な気分で見守っていた千尋だったが、そのうち照の眷属である青白い蛇が着物の袷《あわせ》を割って侵入し、千尋の乳首をペロリと舐めた。

「うわっ。なに、このどスケベ!!」

千尋が手のひらにのせていた緑の蛇を放り出し、たまらず悲鳴をあげる。

「どうした、千尋ちゃん！」

空中で自分の眷属をキャッチして凪が尋ねた。隣に座る照が、蛇の頭が着物の中に入っているのを見て息を飲んだ。

「これ、なにをしているんですか。やめなさい」

そう叱りつけるが、蛇は千尋の素肌にまとわりつくのをやめなかった。それどころか、その太い体を千尋の太腿《ふともも》や股間《こかん》に擦《こす》りつけてくる。

「もう、やめろよ、こら!!」

千尋がなんとか引き剝《は》がそうとするが、蛇はやめない。漣の蛇が窮地に陥った千尋を助けようとして、尻尾《しっぽ》を照の蛇に叩きつける。

「やめろってば、あ……っ」

急激に大量の気を照の蛇に吸い取られ、千尋の体に異変が起こった。

……貧血……？

目の前が真っ暗になり、眩暈《めまい》を起こす。座っているのもつらくなり、ぐらりと倒れた千尋の体をいつの間にかそばにいた漣の腕が支えた。

「大丈夫ですか？」

「……大丈夫じゃ……ない。急に眩暈が……気持ち悪い」

力強い腕にすがり、息も絶え絶えに訴える。薄目を開くと、もう視覚は普段のものに戻っており、蛇もオーラも、なにもかもが見えなくなっていた。

「俺は布団を敷いてくる。それまで漣、しっかり千尋ちゃんの面倒を見ているんだぞ。照は眷属に気を吸うのをやめさせろ」

てきぱきと指示を出すと、凪は寝間に姿を消した。

「漣、布団が敷けたから千尋ちゃんを連れてこい」

「わかった」

くったりと腕にすがりつく千尋を漣が抱きあげる。そのまま寝間に行き、そっと千尋を寝具に横たえた。凪が寝間を去り、照を連れて居間を出て行く気配がした。

千尋が落ち着いたのを確認すると、漣は無言で腰をあげた。

「待って。行かないで」

青ざめた顔のまま、か細い声で千尋が訴える。わけのわからないうちに体調が悪くなり、千尋はすっかり心細くなっていた。

「ここにいて。ひとりじゃ寂しい」

「だったら凪を呼んできますよ。それでいいでしょう？」

「漣がいい。漣は俺に興味ないんだろう？　漣がいてくれるのが、一番、安心できるんだよ」

思い出すのは昨晩、両脚を邦彦に潰《つぶ》された後、凪を待っていた時のことだ。

漣に手を握られたら、痛みが軽くなった気がした。だから、今もいっしょにいたらきっと俺は楽になる。

「漣がいいんだ。昨日みたいに、手を握ってほしい。そうしてくれないなら、俺、おまえを婚約者に選ぶよ？」

「あんた……」

どうしても漣にいてほしい千尋が脅しをかけると、漣が呆れ顔で絶句した。

千尋は布団の中から手を出して、漣に向かってねだるように伸ばす。

「それって、なにか変じゃないですか、先輩？」

「変かなぁ」

「おかしいです。手を握ってなんて、普通は母親とか、好きな人に言う言葉だ」

「……俺、気分悪いから、あんまり難しいこと考えられないんだよ。俺は漣のステキな先輩、だから漣は俺が好きでいいじゃん」

苛《いら》ついた声で千尋が返すと、漣は深いため息をついた。

「それ、ほとんど酔っ払いのたわごとですよ」

呆れながらも漣は畳に腰をおろし、千尋の手を優しく握った。

「あぁ……なんか、ほっとする……」

呼吸をするごとに漣の体温が伝わり、そこから力も流れてくるようであった。

「俺の力っていうのも……、こういうかんじなのかなぁ……」

他人や化け物には大好評を博しているが、千尋は自分の気を自分で味わうことは決してできない。それだけに、どういう感覚なのか興味があった。

「こういうかんじ？」

「温かくて気持ちいいってこと。漣は俺の気を吸って、どうだった？　教えてよ」

「それは……教えられません」

「なんで？　もったいぶらずに教えろよ」

「……知らないものは、教えられません」

「はぁ!?」

苦い顔の告白に、千尋は素《す》っ頓狂《とんきょう》な声をあげた。気分の悪さも吹っ飛び、千尋はしかめっ面をした漣をひたすら見つめる。

「……それ、どういうこと？　照さんも凪さんも俺の気を吸ったって言ってたけど、おまえは吸わなかったのか……？」

「そうです」

「でも俺、おまえとやっただろ？　覚えてるもん。キスも……中に入った感触も」

そうだ。その快感をまざまざと思い出すことができる。漣の愛撫《あいぶ》はつたなくて、ぎこちなくて、でも、とても気持ち良かったのだ。

「だから。先輩とやりましたけど、気は食らわなかったんですよ。しようと思ったけど、どうしてもできませんでした」

「なんで！」

大声をあげて千尋が起きあがろうとする。が、眩暈はまだ続いており、よろめいた千尋は漣の肩にすがりついた。

「……母のことを、思い出すからです。俺は知ってる。万華鏡が力を抜かれる時、激しい痛みに襲われるということを。俺の母は、いつもそれで、酷《ひど》く苦しんでいたから」

「漣……。おまえ、お人よしっていうか馬鹿っていうか……。餌《えさ》もなしに、義務感だけでイヤイヤ俺とやったのか……」

言いながら、千尋は悟っていた。漣に感じたあの好意。昨日からずっと自分にまとわりついていたあの感覚。

忘れそうで忘れてはいけなかったのは、唯一、漣だけが千尋に痛みを与えない道を選んだということだった。

「馬鹿。本当に馬鹿だよ……。おまえも、おまえの蛇も。さっき、自分より大きな照さんの蛇にかかっていったところなんか、飼い主にそっくりだ」

「眷属は、主《あるじ》に似るんですよ。馬鹿でもしょうがありません」

「……そっか、眷属は主に似るのか……。そのわりには、あの蛇、ずいぶん俺に懐いてたよなぁ。おまえは全然、俺に懐いちゃいないのに」

千尋は両腕を漣の首に回すと、正面から漣の瞳を見据えた。優しい漣を見ているうちに熱く激しい衝動が生まれ、その唇に触れたいと思った。

さかってるのかなぁ、俺……。一昨日《おととい》、あれだけやられたっていうのに、もう、あの気持ち良さを味わいたいなんて。

それは、淫虫《いんちゅう》が生み出した快感ではなく、もっと深いところで感じたなにかのためだ。目を閉じて顔を近づけると、漣の動く気配がした。顔をのけぞらせたのだが、今の千尋には漣の気を辿ることなど他愛《たわい》もないことだ。

暗闇の中でだって、見つけられる。だって、俺には特別な目があるんだから。

花のように微笑むと、千尋は漣の唇に己の唇を重ねた。いつもへの字をしている唇が愛《いと》おしく、千尋はそれを舌で辿った。

「……ん……」

歯列を割って舌を入れようとしたが、漣は固く歯を噛み締めていた。唇は許すのに、深いキスは拒まれてしまう。

なんだよ……中途半端だなぁ。男が嫌ならきっぱり拒めばいいのに。こういうふうにされると、本当は漣だってしたいんじゃないかって錯覚しちゃうじゃないか。

まあ、漣にする気がなくても俺は構わないさ。やる気にさせればいいんだし。

そしてその方法を千尋は知っていた。凪が生まれつき治癒の方法を知っていたように、千尋もまた己の力の使い方をわかっていたのだ。

それは、奪われ犯される運命《さだめ》の者が持つ、身を守るための手段であった。誘惑して惹《ひ》きつけて、そうして味方を増やす。弱者が生きるための知恵、すなわち本能なのだ。

「キスは嫌なんだ？」

唇を離し、千尋は金色に輝く瞳で漣を見つめる。その瞳が、その色が、能力者にとってどれほど蠱惑《こわく》的かは知らずに、しかし効果的な誘いをかける。

「照さんは、俺の気を見て、花みたいって言ったよ。蜜みたいなんだって。漣には、それがどう見える？　味を教えられなくても、それくらいなら答えられるよね？」

蕩《とろ》けるような甘い光が千尋の体から溢れ出す。ねっとりとした光沢を帯びた光が、蜘蛛《くも》の糸のように漣の体を絡め取る。

「ねぇ……」

甘い声で囁《ささや》きながら、千尋は漣の首筋を指先で辿った。

これは強い雄なのだ。そして、とても優しい雄だ。これならば、自分を大切にしてくれる。だから、絶対に手に入れなければならない。

漣を手に入れるため、一番、有効な餌は、千尋自身だ。その直観に従って、千尋は着物の襟に手をかけた。

袷を広げ、白い肌を露《あら》わにし、淡く色づいた突起を晒《さら》してみせる。

「俺を食べていいんだよ。遠慮しないで。全部あげる。俺の体も、ね……漣が抱きたいように抱いていいんだ。今日は、俺を独り占めしていいんだよ」

「俺は先輩から絶対に気を抜かない。そう決めています。だから、そんなふうに媚《こ》びても無駄ですよ」

この島の男たちが同じ状況に陥ったならば、全員が全員、千尋を押し倒すであろうその状況で、漣はあくまでもクールに拒み続ける。

だからこそ、千尋はますます漣が欲しくなる。

「ふうん、わかった。じゃあ、俺は勝手にする」

するり、と漣の首から腕を放すと、千尋は前髪を掻《か》きあげた。

生真面目《きまじめ》な後輩を見あげると、フェラチオをした時の漣の反応が蘇《よみがえ》った。

あれをしたら、すごい、大きくなってたっけ。……この手で行くか。

頭の芯《しん》の冷えた部分が、そう計算する。

効率良く漣をやる気に——自分に夢中に——させるべく、千尋は右手を漣の股間にやり、ジッパーに手をかける。

「先輩？　なにをする気ですか？」

「うるさいなぁ。俺は勝手にするんだよ」

わずらわしげに答えると、千尋はジッパーを一気におろした。金属の擦れる音が鋭く響き、漣が息を飲んだ。

白い布に包まれて柔らかな肉がそこにある。千尋が性急な手つきでそれに触れると、漣の腰が跳ねた。

「やめろよ先輩」

「やめてほしかったら俺を食べてみない？　一口だけでも。きっと美味しいから」

その一口で、やみつきになればいい。俺なしでは、いられなくなるくらい、俺に夢中になれ。

千尋は下着の割れ目に指を滑らせ、湿った肉に触れる。別にこれが欲しいのではない。欲しいのは、この男のすべてだ。

まるで蛇のように赤い舌で千尋は唇を舐め、そして股間に顔を近づけた。

舐めてしゃぶって吸いあげれば、きっとこの雄は俺のものになる。

そう想像しただけで千尋の顔に艶《あで》やかな笑みがこぼれる。

千尋が唇をそれに近づけ、吐息が肉棒に吹きかかった。その瞬間であった。

「やめろ！」

鋭い声がしたかと思うと、千尋の体は見えないなにかに縛りあげられていた。

「痛っ……。苦しい。なに……？」

太いなにかに締めつけられる。目を凝らすとそれだけで藍色の蛇の姿が見えた。夜空色の蛇が、悲しげな目で千尋を縛《いまし》めていた。

そのまま千尋が布団に倒れる。漣はジーンズのジッパーをあげると、冷ややかな目で千尋を見おろした。

「いい加減にしておけ。俺にその手は効かない。絶対に。それに、俺は万華鏡の力など要《い》らない。あんたを食らうくらいなら、この場で死を選ぶ」

「どうして、そこまで俺を拒むんだよ！」

思惑が外れた千尋が、気色ばんで吼《ほ》える。

しかし、それ以上の剣幕で漣が言い返してきた。

「あんたは、俺を敵《かたき》といっしょにしようって言うのか!?」

穏やかならぬ単語に、千尋の気勢が殺《そ》がれる。

「敵……？　なんのこと？」

「俺の母親を殺した奴らのことだ!!　俺の母は、男たちに力を吸われて、吸われつくして、枯れ木みたいになって死んだ。体がボロボロになっても、あいつらはやってきた。少しでも、力を引き出そうとして。俺はそれをずっと見ていた。浅ましいと、心底思ったよ」

「見ていた？」

「邦彦以外にも、この島には変態が多いから、わざわざ俺の目の前でお母さんとやるんだよ。それがどういう意味かわかるか⁉　そんなのを見せつけられて、俺は育ったんだよ。……いや、俺はそんなことを言いたかったんじゃない。俺が先輩の気を吸い取るってことは、あいつらと同じになるってことだ。だから俺はしない。力は欲しいが、そんな力は要らない。だから、先輩も俺には必要ない」

激しく拒絶されて、千尋はどうしていいかわからなくなってしまった。本能に支配されていた思考が、普段の、生真面目で常識的なものに戻ってゆく。

じゃあ、俺が言った……俺のしたことは、漣には絶対にされたくないことだったんだ。

それに気づいた瞬間、千尋は全身に冷や水を浴びせかけられたような気分になった。

「ごめん、俺、知らなかったから。ごめんね、どうしたら許してくれる？」

自由を奪われた体で、まなざしだけで千尋は漣にすがりつく。

「許すとか許さないとか、そういう問題じゃないんです。俺に二度と近よらないでください。俺があんたに望むのは、それだけだ」

徹底的に漣は千尋を拒否する。「顔も見たくない」と全身で叫んでいるように。

「ごめん……。ごめん。もう近よらない。こんなこと、二度としない。だから、俺を嫌わないで」

「嫌ってなんかいませんよ。言いましたよね、俺は先輩に興味ないって。嫌うほどの関心も、そもそも先輩にはありません」

「！　……」

嫌われるよりも、もっと最悪の最後通牒《つうちょう》をつきつけられ、もう、千尋には漣にさし出す言葉はなにも残っていなかった。

謝っても、漣にはうざったいだけなんだ……。

千尋は無意識に手を握った。さっきまで、漣に握られていた手だ。まだほのかに残るその感触が、どうしてだろうか、とても哀しい。

「……千尋くん、どうかしましたか」

照の声がしたかと思うと、ふすまが開いた。

「こちらで術が使われた気配がしましたが……。漣、貴様、なにをしているっ!!」

穏やかだった照の表情が、蛇に縛められた千尋を見て一変した。

「早く術を解くんだ」

厳しい声に、漣が「放せ」とつぶやく。その声に反応し、体への締めつけが緩まった。

そして、藍色の蛇が身をくねらせながら漣の陰に逃げるように移動する。

そのようすを黙って見ていた照だが、顔は怒りで歪んだままだった。照が大きく息を吸い、漣に怒気をぶつけるように言い放つ。

「わかったぞ、貴様は強引に千尋くんを犯して万華鏡の力を得ようとしたんだな。そして抵抗されて術を使って縛めた。この、卑怯者《ひきょうもの》が‼」

「ちっ、違います。それは誤解です！」

自由を取り戻した千尋が立ちあがり、照の袖をつかむ。

「迫ったのは俺の方です。漣はそれをやめさせようとして、それでこうなったんです」

「千尋くん、こいつを庇《かば》う必要はありません」

「庇ってなんかいません。俺は、ただ事実を言っただけです」

千尋が必死に訴えるが、先入観に囚《とら》われた照にその言葉は届かない。照は怒りを露わにし、漣はその目を避けるようにうなだれるばかりだ。

「漣、おまえには罰を科します。地下牢《ちかろう》に入り、しばらく頭を冷やしなさい」

「わかりました」

自分に非がないのはわかっているだろうに、漣は素直に照の言葉を受け入れた。

どうしてだ⁉　少しくらい弁解したっていいじゃないか。あぁ、せめてこの場に凪さんがいれば、少しはマシな事態になりそうなのに……。

自分の望まぬ方向に事態が転がってゆくのを、千尋は歯噛みしながら見守るしかない。

照に連れられ、漣が寝間を出て行く。ふたりの後を千尋が追った。

「照さん、漣を地下牢に入れるのはやめてもらえませんか。お願いですから」

「それはできません。このまま放っておいたら、私の目の届かない場所で、こいつはまたあなたに破廉恥なふるまいをするかもしれません」

「破廉恥なのは、俺の方ですから！」

そこまで言っても、照の考えはかわらなかった。漣に対する怒りと憎しみに、照は囚われている。

幾つもの角を曲がり、地下へ続く階段に至った。階段をおりると、簡単な下駄箱があり、そこで草履を履いた。

その先は、真っ暗な洞窟《どうくつ》がぽっかりと口を開いていた。湿った、黴臭《かびくさ》い空気に思わず千尋が顔をしかめる。

こんなところにずっといたら、自分が腐っちゃいそうだよ……。

洞窟は天然のものなのか、天井からつらら状の白い石が垂れさがっていた。照の手燭の光が天井を照らすと、蝙蝠《こうもり》が何匹も驚いたように飛びたつ。

白茶の石を伝って水が滴り、千尋の首筋に当たった。

「うわっ!!」

千尋が驚きの声をあげると、それが壁にこだまして、まるで地の底から響く恨みの声のようであった。

いや、恨みの声は幻聴ではなかった。暗い穴のそこかしこで、過去、ここに入れられた者の怒りと憎しみ、そして絶望の凝り固まった強い念が黒い塊となってうごめいている。あれにうっかり触ったら、俺まで黒くなっちゃいそうだ……。漣は、こんなところに入れられて、大丈夫なんだろうか？

「着きました。入りなさい」

そう言って照が立ち止まったのは、太い木でできた檻《おり》の前であった。洞窟の横穴を利用したらしく、奥に小さな空間が続いている。

地面からは筍《たけのこ》のような形の石が突き出ており、平坦な場所には水溜《みずた》まりがあった。

これでは、横たわるどころか、腰をおろすことさえ、ままならないであろう。

「漣……」

青ざめた顔で千尋は淡々と牢に入ってゆく漣を見つめる。やはり木でできた小さな扉が閉まり、外側から照が閂《かんぬき》をかけた。

「この牢には、術者の術を封じるしかけがほどこされています。術を使って逃げようと思っても無駄ですからね」

「わかっている。……先輩」

小さくうなずいた後、漣が千尋を呼んだ。その声に、千尋は檻を両手でつかんで身を乗り出した。

「なに？　やっと弁解する気になった？」

「まさか。……俺は、あんたには照を選んでほしいと思っている。ここを出たくて言っているのではなく、それが俺の本心だ」

「……っ！」

こうまで自分を拒絶されて、千尋の心が真っ黒に塗り潰される。

俺は、漣がいいのに……。どうして、そんなこと言うんだよ……。

不器用な優しさが、とても好ましかった。仏頂面でわがままに応《こた》えるようすもかわいいと思った。

思えばこの島にくる前から、漣の視線を感じて、その不思議さが気になっていた。

そうだ、俺は、漣が好きなんだ。いつからなんてわかんないけど、でも、そうだ。だからキスしようとしたり、あれほどまでに欲しかったんだ。

けれども、漣は千尋を拒絶する。一度は体をつなげ、その後もキスも許した。

なのに、千尋に近よるなと、他の男を選べと言うのだ。

「酷い……」

千尋の口からこぼれた声はとても弱々しく、ただ空気を震わせただけだ。

「行きましょう、千尋くん。ここは邪気がきつい。こんな場所に居たら、君の体調が悪くなってしまいますよ」

漣が自分を選べと言ったことで、照の機嫌が良くなっていた。

優しい声で話しかけ、千尋の肩を抱きよせる。まるで、もう千尋は自分のものだと漣に見せつけるように。

部屋に戻った千尋は、照に凪を呼んでほしいと頼んだ。照は眉をひそめながらも、すっかりふさぎ込んだ千尋の願いをかなえた。

「どうした、千尋ちゃん。漣が地下牢行きになったって？」

気遣わしげな声がしたかと思うと、いつもの、少し飄々《ひょうひょう》とした顔で凪が部屋にやってきた。地下牢からずっと堪《こら》えていた悲しみが、凪を見て一気に吹き出した。

「凪さん、俺……、俺っ……！」

目の前に凪が腰をおろすと、千尋は涙ぐみながら凪にすがりついた。

「俺が悪いんです。俺が漣を強引に誘って……。漣が嫌がるのに無理やり力を吸わせようとして……」

半泣きになりながら、懸命に千尋が事情を説明する。しどろもどろの説明を、凪は根気強く聞いていた。

「だいたいの事情はわかったよ。千尋ちゃんは、漣を選んだけど、漣はそれを断ったのか。もったいない。おまけに照を選べと言うとは……。いやいや、酷いねぇ」

「漣は、酷くないです！」

好きな人を非難され、千尋が怒りの形相で漣を庇う。

「悪いのは俺です。俺が暴走しちゃったから。漣は少しも悪くないんです‼」

「……うわぁお。恋しちゃってるねぇ、千尋ちゃん。本気で漣が好きなのかぁ……。お兄さんには脈なしってことだよね。ここでこうして慰めてるのは俺なのに」

そう言って、凪が千尋の髪に音をたてて口づける。

「普通に考えれば、俺が一番お得だよ？　お医者さまだし、将来も安定、万々歳だ」

「本気じゃないでしょ、凪さん。だったら俺が車の中で凪さんを選ぶって言った時に、すぐさま食いついてくるはずでしょ？」

「まぁね。俺としては、君が漣を選んでくれたらいいなぁって思ってたんだ。そのためにいろいろ画策してたっていうのに、あの野郎、俺の厚意を全部無駄にしやがって」

「漣を？　どうして？」

「あいつが一番、千尋ちゃんを好きだし、必要としているように思えたから」

「漣が俺を好き……？　まさか。俺はこっぴどく何回もふられてますよ？」

「それはまぁ、アレだな。いろいろありすぎて、あいつも素直になれないんだろう」

「いろいろって？　漣に、なにがあったんですか？」

「あったさ、そりゃあもうたくさん。そもそも、この島では里人――いわゆる普通の日本人――は、軽蔑《けいべつ》の対象だ。能力もないし、それに昔っからの恨みつらみもあるからね。漣は、半分その里人だ。それだけでいじめの対象になるには十分なんだよ」

「……そんな……」

「おまけに、残る半分は邦彦の、本家直系の血を引いていて、能力はずば抜けていた。たいした能力もない族人たちは、漣をいじめて、いじめて、いじめ倒した。ただ村を歩いているだけで術の練習台にされて、めったやたらに攻撃されたりね。まともに術を覚える前の漣は、いつもどこか怪我をしていたよ。骨を折られたり、死ぬ寸前まで首を絞められるようなことも、しょっちゅうだった」

淡々となされる説明に、千尋の胸が痛んだ。『力が欲しい』そう叫んでいた小さな漣の言葉の意味が、骨身に染みて理解できた。

「術を覚えたら、これまたすごい勢いで上達してね。防御できるようになったから、それはそれで良かったが、今度はあからさまに村八分だ。照の父親、晴彦《はるひこ》様は族長だけあって、なるべく非難の矛先が向かないように心を砕いていたが、邦彦がそれを全部台なしにしちまった。実の父親が恩人を殺して、漣は深い罪悪感に囚われている。千尋ちゃんに照を選ぶように言ったのは、晴彦様への罪滅ぼしの意味もあるんだと思うよ」

「……それはわかりますけど、でも……」

「そんなの、千尋ちゃんには関係ない話だよね。漣の気持ちはわからないでもないけれど、千尋ちゃんの意思を無視するのは、絶対に良くないことだ」

凪が千尋を慰めるように背中をぽんぽんと叩いた。

「だから、照さんに地下牢に入れって言われて、おとなしく従ったんですか。言い訳もしないで」

「言い訳しても無駄だって思ったんじゃないかな。基本的に、漣の言葉をまともに受け取るのは、俺と、晴彦様くらいだったからね」

「凪さんは、漣の味方、なんですね」

「あぁ。俺は医者になるために、早くにこの島を出たから。その手の偏見を馬鹿らしいと思う程度に常識はある」

「良かった、凪さんがいてくれて……」

周りがみんな敵だとしても、たったひとり味方がいるだけで、漣の心は慰められたと千尋は思う。

「ありがとう、凪さん。漣に、優しくしてくれて」

「礼を言われるようなことはしてないよ。人として当然のことをしただけだ。それにしたって、あいつも捻《ひね》くれてるよなぁ。千尋ちゃんをずっと守ってきて、傷まで負って、それが報われて、やっと両思いになったっていうのに拒むなんて」

「ずっと俺を守ってきたって、どういうことですか？」

「それは、千尋ちゃんにかけた封印が二十歳《はたち》に近づくにつれてだいぶ弱まってきたから。

ここ一、二年は千尋ちゃんから漏れ出る光を狙《ねら》って、俺たちと同じような団体さんや、人外のモノたちがしょっちゅう千尋ちゃんに近づこうとしていたんだよ。それを、ひとつひとつ漣は排除していた。戦って、時には傷を負ってね」

「そうだったんですか!?」

千尋が驚きの声をあげると、凪がうなずき返す。

「去年の誕生日に、梓さんからもらったペンダントヘッドがあっただろう？　あれも、漣が護符になるよう術をかけていた。他にも、千尋ちゃんの家に結界を張ったり……。千尋ちゃんが普通の生活を送れるよう、漣は、最大限の努力をしていたんだ」

「俺、そんなの知りませんでした。言ってくれれば良かったのに……」

凪の説明に千尋の顔色がかわった。

息を飲み、胸元に手をやると、剣をモチーフにしたペンダントヘッドが指先に触れる。

そうだ、これも漣がくれたんだ。母さんから誕生日プレゼントだって言われて渡されたこっちのペンダントヘッドも、本当は漣が用意した物だった。一年以上も前から、漣は陰から俺を守ってくれてたんだ。

「……漣……」

うつむき、切ない声でつぶやきながら千尋がペンダントを握り締める。人肌で温まった金属が、漣であるかのように。

「俺もガードしてることを教えないのかって聞いたら、知らせない契約だからって、いつもの調子で返されちゃったよ。でも、千尋ちゃんのガードをしている間の漣は、楽しそうだったよ。だから、俺はあいつは千尋ちゃんに惚《ほ》れているなって思ったんだ」

好きな人が自分を好きだと知って、千尋の心がほんのりと温かくなった。しかし、それは一瞬のことだった。

漣はきっと、あの調子で俺を拒絶し続けるんだろうな……。本当に、俺のこと、好きなのかなぁ。

そっと千尋が唇に触れた。

キス……させてくれたっけ。頼めば手だって握ってくれた。脈がない……ってことは、絶対ない。

とはいえ、漣はあまりにも頑《かたく》なだ。おまけに、漣に――本心ではないのかもしれないが――興味がないとまで言わせてしまった後だ。

どうしたら両想いになれるのか、千尋には、その方法がまったく思い浮かばない。

「俺に惚れてるなら、漣はどうしてあそこまで俺を拒絶するんだろう。婚約者になっても、気のやりとりはしないっていうのも、ありだと思うんです。照さんに遠慮してるのかもしれないけど、それ以上に漣は俺に嫌われよう、嫌われようとしてる。どうしてだろう。……もしかして、邦彦って人のことが、関係あるのかなぁ」

一番最初に漣を選ぶと告げた時、漣が断る理由としてあげたのがそれだった。

考え込む千尋に、凪が「どういうこと？」と尋ねる。

「邦彦に襲われた晩、漣を選ぶって言ったら、漣が『あいつが先輩をよこせと言うだろう。そしてそれに俺は逆らえない』って……答えたんです」

「なるほどね。だから邦彦は強引に漣を俺の息子だって婚約者の中にねじ込んだのか。運良く漣が選ばれれば、万華鏡を横取りして力を独り占めできるもんな。つくづく考えることがあくどい」

「それにしたって逆らえないっていうのは親子とはいえ、変じゃないですか？」

不快げに顔をしかめる凪に、小首を傾げながら千尋が尋ねる。

「逆らえないのは、親子だからじゃないよ。漣が孤立しているのと、とにかく邦彦が強いからだ」

「強い？　どれくらい？」

「ぶっちぎりで一番」

「そんなに？　漣も強いんですよね。それでも敵《かな》わないくらい？」

「無理だ。邦彦が本気になったら、この島の者は誰も敵わない。サディストでおまけに粘着質だからね、下手に逆らったらなにをされるかわからないから、みんな邦彦をはばかっている。族長もいるし、照もいるけど、この島の影の支配者は邦彦だ」

凪の説明は千尋にも納得がいった。あの晩の邦彦のサディストっぷりは記憶に新しい。あの性格な上、力も強いとなったら、人々は恐れて逆らうことはできないだろう。その上、邦彦は漣を馬鹿にしきっていた。他の族人にするより、漣に対しての報復はより陰惨になりそうだと千尋の直感が囁く。

すっかり気落ちして肩を落とす千尋に凪が説明を続ける。

「漣の母親がいただろう？　彼女をしばらくの間、邦彦は独占していた。万華鏡からたっぷりと力を得て、邦彦はこの島で一番強くなった。特に海では独壇場だな。自分の眷属を、この辺りの海を守る守護者のようにふるまわせている。今では出稼ぎもやめて、島の仕事もせずに、クルーザーでひとり、悠々自適の生活を送ってるってわけだ」

「海を守る、守護者……？」

「この島の守り神に近いかな。強大な眷属だから、天候も潮流も操れる。だから、邦彦の機嫌を損ねると、嵐《あらし》にされて漁も農作業もできなくなって、島民にとっては本当に死活問題なんだよ。もし、邦彦が漣に千尋ちゃんをさし出せと命令して、漣がそれを拒否すれば、たぶん、邦彦は嵐を起こす」

「……」

「やめてくれ、と族の者に言われたら、あいつは、漣のせいだと説明するだろう。あいつが俺に逆らったからって。そうして族人の憎悪は漣に向けられて、ますますあいつは孤立するだろうな」

「そんなの……漣が悪いわけじゃないのに」

「そうだね。だけど、邦彦は祟《たた》り神のようなものだ。誰も神を悪くは言えない。神に逆らった者が悪いと思うものだよ。……それが、いかに理不尽であっても」

医者なだけあって、凪はその理不尽さに耐えられない、という顔をしていた。自然と語る口調も苦々しげになる。

「なにより、基本的に万華鏡はみんなのものってことが問題だな。あの邦彦だって、漣の母親を独り占めにはできなかった。千尋ちゃんが、特別で例外なんだ。照が婚約者に選ばれれば、みんなも納得するだろうけど、漣の場合は……不満が出るだろうね」

「凪さんだったら？」

「俺は半々かなぁ……。治癒の能力があがれば、みんな喜ぶだろうから」

ふむ、というふうに凪が可能性を検討する。そんな凪を見ているうちに、ある考えが千尋の頭に浮かんだ。早速、それを口に出してみる。

「表向き凪さんを選んで、それで実際は漣を選ぶっていうのは……ダメ？」

「それはダメ」

「どうして？」

アイディアを即座に却下されて、千尋が不満げな顔になる。

「俺の力があがらなければ、すぐに他の奴らにばれるよ。でも、漣と俺で千尋ちゃんを共有っていうのは、ギリギリで俺的にはありだから、いっそのことそうしちゃおうか」

「嫌です」

軽口でなされた提案を、今度は千尋が速攻で断る。

凪のことは信頼しているし好意もあるが、そういう意味での好きではない。

俺が好きなのは、漣だから。いかに凪さんといえども、漣以外のヤツとやるのは、もう絶対に嫌だ。

「だろう？　だからこの話はなし。千尋ちゃんもあんまり馬鹿なことは考えないように。そうしないと、淫虫を送って……強引に襲っちゃうよ？」

「それは勘弁してください!!」

本気で千尋が悲鳴をあげると、凪が声を出して笑った。凪の笑い声が治まったところで、千尋が話を本題に戻す。

「実際問題、どうしたらいいんでしょうか……。漣を地下牢から出して、それで俺の告白を受け入れてもらうには」

「地下牢の方は、俺からも照に言ってみる。族長からも働きかけてもらえるようにするから、それで少しは早まるだろう。後の方は……一度には無理だろうな。時間をかけてゆっくりと認めさせるしかない。あいつ、無駄に頑固だし。それ以外にも障害は多い」

「時間をかけて、ですかぁ……。でも俺がそれまで我慢できるかなぁ……」

「おやおや？」

「俺、漣とふたりきりになるとおかしくなるんですよ。したくてしたくてしょうがなくなって……、欲しいって、腹の底から思うんですよ。なんか、あいつを押し倒すのも時間の問題かも……」

「いやいや、男だねぇ千尋ちゃんも。そっか、押し倒しちゃうんだ」

腕組みをしながら、凪が感心したという顔をする。

「押し倒しますよ？　相手も俺のこと好きなんだからいいでしょう、それくらいしたって。そうでもしないと、漣は俺の手さえ握らないんですよ」

「……迫るのもほどほどにね。そのたびに漣が地下牢に入れられたら、俺もフォローしきれないから」

間違った方向に男気を見せる千尋を、気圧されつつも凪がなだめる。「地下牢」という言葉に、興奮した千尋も我に返った。

「ですよね……。もうなぁ、どうしたらいいんだろう」

「だから、待つこと。焦らずにね。一年か二年もかければ、もしかしたら漣も根負けするかもしれないよ」

「もしかしたら、ですか……」

情けない顔をして千尋ががっくりと肩を落とす。

年単位じゃないと変心しない、その上〝かも〟って……本当に漣って手ごわいよなぁ……。だからこそ、逆に信じられるんだけど。

好きと認めたら、それこそ一生、愛し続けてくれるという予感がある。

そういうとこも、好き……だな。

好き、と心の中でつぶやくと、体の奥底からやる気が湧《わ》いてくる。

よく考えたら俺、長期計画で物事を進めるのは得意なんだから、ここは焦らずにじっくりと落としていくことにするか。近よるなって言われたけど、好きな相手に迫られて悪い気はしないはずだし……。

いっしょに風呂に入ろうと誘おうか。それで体を洗うって名目であちこち触りまくるとか……。眠ってる間に「好きと言いたくなる」って囁きかけて催眠暗示って手もあるな。

いや、いっそのこと、凪さんに協力してもらって一服盛って、体の自由を奪って、術を使えないようにしてから、既成事実を作るのもアリか……。

でもこれって、一回限りの手だよなぁ、やるんだったら慎重にタイミングを測らないと……。

愛ゆえに思考を暴走させる千尋だが、それは漣への想いの深さ故であった。

千尋が大真面目に危険な計画をたてていたちょうどその時、島には招かれざる客が到着していた。

いったん凪は千尋の部屋を出て行った。ちゃっかり相談料ということで眷属に千尋の気を吸わせることを要求してから。

ひとりになった千尋が退屈しのぎに緑色の小蛇と戯れていると、ふいに小蛇が千尋のたもとにもぐり込んだ。それと同時に、居間と廊下を隔てるふすまが開く。

「加賀見千尋だな？」

険しい顔をした中年の男がひとり、恫喝《どうかつ》するように問いかける。見あげるほどに背が高く、海の男らしく赤く焼けた肌と、分厚い胸板の持ち主だった。

婚約者候補と食事の面倒を見る老婆以外に、ここを訪れる者は初めてだ。

異変を感じて千尋に緊張が走る。

「そうですけど、……どなたですか？」

「客人、いました。こいつが万華鏡です」

千尋の問いは無視して、男は背後にいた人物に声をかける。男が半身を退《ど》かせ、一歩前に出てきたのは、いかにも高そうな薄紫の着物を着た中年女性だった。

痩身《そうしん》で髪をアップにしているためか、目つきがかなりきつく見える。

その鋭い瞳が千尋を品定めするように無遠慮に見つめ、ややあってにたりと妖怪じみた笑みを浮かべる。

「間違いない。確かに我が一族の血を引く者です。おまけに……なんて父親にそっくりなのでしょう」

薄い唇から漏れ出た声は、冷たいのにどこか媚《こび》を湛《たた》えている。しかし、今の千尋にそんなことはどうでもよかった。

「父親？　あなたは、俺の父親を知っているのですか？」

「もちろん。私はあなたを迎えにきたのだから。ここを出て、あなたが本来いるべき場所へ帰るのです。私たち、加賀見一族のもとへ」

加賀見一族の者だと名乗った女は、居間に足を踏み入れると、筋張った手で千尋の手を握った。

「やめてください!!」

見知らぬ女に触れられた瞬間、千尋の全身に鳥肌がたった。

本能的な嫌悪感。この女は、邪悪だ。なぜかわからないが、そう確信した。

力任せに千尋が腕をふり払うと、その勢いで女がよろめく。すかさず男が千尋の頬を張り飛ばした。

「っ……。なにすんだよ!!」

「客人に失礼だろう!!」

怒声に咆哮《ほうこう》で返され、千尋が息を飲む。すると、女が前に進み出て、千尋と男の間に割って入った。

「もう、千尋を自分のものにしたつもりですか？　勘違いをしているのはそなたの方よ。我が一族の者に、勝手なふるまいはやめていただきましょう」

冷ややかな声とまなざし。女の方が役者が一枚上のようだった。男が迫力に押されて口を閉ざす。

「おうおう、可哀想に。そなたのような力を持つ男は、本来、我が一族で大切に育てるものなのですよ。おまけにその美貌……我らのもとに戻ったら、みなで、たっぷりとかわいがってあげましょう」

女は千尋に覆い被《かぶ》さるように腰を落とすと、ひんやりとした手で千尋の頬に触れ、ねっとりとした仕草で撫《な》でさすった。

「結構です。俺にはもう、心に決めた人がいますので」

その途端、女の形相が歪んだ。千尋の手を握るとその甲に長く伸びた爪《つめ》を突きたてる。

「そんな汚らわしい女のことなど、忘れなさい。おまえは我ら一族のものなのです。籠《かご》の鳥のように愛《め》でられ、生きるのが、おまえの定めなのですよ」

「ちょっと待った、千尋ちゃんは俺たちのものだぜ。梓さんがそう決めたはずだ」

「凪さん!!」

いったん部屋を立ち去ったはずの凪が、戻ってきたのだ。まるで見ていたかのようなタイミングで。男が立ちはだかり、凪が千尋に近づく邪魔をした。

「荒木の総領……。あんたには世話になってる。ここは黙って引いてもらえませんかね」

「分家の浩志《ひろし》か。おまえ、どうしてここにいる？　おまえはここに入ることが許されてもいなければ、ここまでくる方法もわからないはずだが？」

浩志と呼ばれた男の肩越しに凪の顔が見える。突然、見知らぬ男女に踏み込まれ、困惑していた千尋には、まさしく救いの神であった。

「こんな目くらまし、我ら加賀見の手にかかれば、破るのは造作もないことよ」

女は千尋の手をきつく握り締めたまま立ちあがった。

ふり払おうと思ってもふり払えない。

細い小柄な女だ。なのに、大人の男かそれ以上の力で千尋の手をつかんでいる。

なんだ、この人……。気持ち悪い。

さきほどとは違った意味でぞっとする。しかし女は千尋のようすには頓着《とんちゃく》せず、凪の美男ぶりを見て、楽しげに笑った。

「そなたと千尋のまぐわう姿は、さぞや美しいものでしょうねぇ……」

赤く塗った唇が吊《つ》りあがる。凪に向けるうっとりとしたまなざしは、千尋に向けるそれとはまた違い、雌が強い雄へ向ける欲望に満ちたそれであった。

「どうでしょう。やっている時の自分の姿は見れませんから」

「残念。この男などより、よほどそなたに千尋を与えたいわ。他の一族の者もいい見世物ができたと、さぞや喜んだでしょうに。けれど、邦彦殿との約束がありますからねぇ」

男というものを自分たちの玩具《おもちゃ》としか捉《とら》えていない発言であった。そして、邦彦の名前に凪が眉宇《びう》を曇らせる。

「それは、どういうことです？　あなたがた加賀見一族と邦彦の間で、どんな取り決めをしたのですか」

「本当は秘密だが、その男ぶりに免じて教えてあげましょう。千尋を取り戻す協力をしてくれた礼として、この子をひと月ほど自由にしていいと約束したのです」

凪の問いに答えながら、女が千尋の腕を捻りあげる。

肩の関節に痛みが走ったが、それ以上に千尋の頭を支配したのは、あの邦彦にひと月もの間、思うままに嬲《なぶ》られる恐怖であった。

「あんなサディストの相手なんか、絶対に御免だ！　助けて、凪さん。……漣!!」

堪《たま》りかねて悲鳴をあげる千尋に、女は優しく笑いかけた。

「大丈夫、相手は邦彦殿だけではありませんよ。他にも、たくさんの鶴来の男たちの相手をしなければなりませんから、邦彦殿も多少の手心を加えてくださるでしょう。……ねぇ、鶴来の」

「そうだ。おまえは、ひと月の間、俺たち全員の共有物となる」

「！」

「ちょっと待て。俺たちだと？　邦彦の仲間はおまえの他に何人いる？」

凪が千尋のようすをうかがいながら、感情を押し殺した声で尋ねる。

「さて。今のところは十人。しかし、万華鏡を犯《や》れない不満が溜まっている奴も相当いるから、今後仲間は続々と増えるだろう。……最後は、おまえら三人と族長以外、この村の男、全員になるかもな」

「そ……そんなのもっと最悪じゃないか！　嫌だ。俺は絶対にそんなの嫌だ」

「おまえは、どうこう言える立場じゃない。黙って言うことを聞け」

浩志と女が視線を交わした。浩志が千尋の腕をつかんで強引に立たせる。そのまま女とともに部屋を出ようとした浩志の前に、凪が立ちはだかった。

「待てよ。千尋ちゃんを無断で連れて行く気か？」

「退いてください、荒木の。治癒しかできないあなたが俺と戦って勝てるわけがない」

浩志が言うやいなや、背後に大きな蛇が姿を現した。大きさは照の眷属よりはやや小さく、漣の眷属と同じくらいか。

蛇は凪を威圧するように牙をむく。大きく開いた口は、人間の頭を余裕で丸飲みできそうだった。

「……確かに。おまえは攻撃系の術に限ってなら、村で十指に入る。俺じゃあ、まともに戦っても敵わない。俺も命は惜しいから、ここは引くことにしよう」

凪が肩をすくめ、あっさり浩志に道を譲った。すれ違いざまに千尋が訴える。

「凪さん、助けてくれるんじゃなかったんですか!?」

「そうしたいのは山々なんだけど、俺には荷が勝ちすぎる。……ごめんね」

「あら残念、ずいぶんと意気地のないこと。その色男ぶりが見かけ倒しだったとはねぇ」

女が嘲《あざけ》りの言葉を投げつけながら凪の前を通った。浩志に半ば引きずられながら、涙目で千尋は体を捻り、凪にまなざしで助けを求める。

絶体絶命だった。

このままだと俺、どうなっちゃうんだろう!?

「……凪さん!」

ぼやける視界に凪の笑顔が映った。

なんで？　どうして凪さんは、笑ってるんだ!?

そう思った瞬間だった。千尋のたもとに隠れていた蛇が姿を現した。小さな蛇は宙を飛び、目にも留まらぬ速さで浩志と女の胸を一直線に貫いた。

「ひっ！」

「うっ！」

一声うめいたかと思うと、ふたりはその場に崩れ落ちた。千尋も浩志に潰されて廊下に倒れる。

凪は素早く近づくと、身動きしなくなったふたつの体を冷たく見おろし、浩志の下敷きになった千尋を助け出した。

「千尋ちゃん、大丈夫か？」

「大丈夫……です」

凪の手を借りて立ちあがると、千尋は廊下に横たわったふたつの体を薄気味悪げに見おろした。

「……この人たち……死んでるんですか？」

「まさか。俺は医者だよ、なにがあっても人を殺しはしない。ただちょっと心臓を止めただけだ。……長時間このままにしていると本当に死んでしまうから、殺さないためにも、さっさとここから退散する。行くぞ、千尋ちゃん」

凪が手で「走れ」と合図をして廊下を駆け出した。千尋もその後を追う。ふたりが走り出すと、背後でかすかにうめき声がした。浩志たちが息を吹き返したのだ。

「凪さん、どこに行くの？」

「まずは照か族長のところだ。浩志の話が本当だったら、今のところ、確実に頼りになるのはあのふたりしかいない。……良かったな、千尋ちゃん」

「どうしてですか？」

「わからないのか？　これで漣を地下牢から出せるってことさ」

「あ!!」

「仲間が少ないことが幸いしたな。今の事態では、千尋ちゃんを守るためにも、どうしたって漣の力が必要となる」

「さっきもそうでしたけど、凪さんって、悪知恵が働きますよね……」

「おいおい、どうせなら思慮深いと言ってくれ」

すっかり感心した千尋に、凪が苦笑で返す。しかしその笑顔はすぐに強張った。なにか異変を感じたようだ。

「……人がくる……。やったな、照だ」

そう凪が言った瞬間、廊下の角から、見るからに慌てたようすの照が現れた。

「大変です、加賀見一族が乗り込んできました。どうやら邦彦が引き込んだようです」

「知っている。加賀見の女を連れて、浩志が千尋ちゃんの部屋まできたからな」

「浩志が？　それで、千尋くんは無事だったんですか？」

「俺は大丈夫です。凪さんに助けてもらいました」

千尋の元気な声を聞くと、照が安堵《あんど》と嫉妬《しっと》の入り混じった微妙な表情となった。

「追い討ちをかけるようで申し訳ないんだが、漣を地下牢から出してくれないか？」

「どうして？」

「千尋ちゃんを守るには、俺ひとりじゃ、あまりにも心もとない。おまえがつきっきりでいるにしろ、仲間はひとりでも多い方がいいだろう？」

「だから、漣を牢から出せと？」

凪の提案に照はあからさまに不満気な声で返した。凪は照に見えないよう、こっそりと千尋にウィンクをする。

「あぁ。浩志から聞いた。今、邦彦についているのは十人だそうだ。残り九人の名前は聞き出せなかったが、邦彦のシンパといえば武闘派ばかりだ。他の奴らにも声をかけていると言っていたし、今のところはっきり味方と言えるのは俺たち三人の他には族長だけと考えた方がいい。この非常事態に貴重な戦力の四分の一を、個人的な感情で切り捨てるのは、あまりにももったいないだろう？」

「長老たちの幾人かは、こちらの味方です」

「だから、漣はそのまま地下牢に入れておくって？　じゃあ、その味方だという長老の名前を言ってみろよ」

「それは……」

即座に名をあげることができず、照がばつの悪そうな顔をした。

「わからないんだろう？　だったら、おまえは早く、その『味方』を確定する作業にかかれ。俺は地下牢に行って漣を連れてくる。不満なら、この事態が収拾できた後で、もう一度、漣を地下牢に入れればいい」

「それでしたら……いいでしょう」

不承不承、照がうなずく。その返事が終わるか終わらないかのうちに、凪が千尋の手を取る。

「千尋ちゃん、行くよ」

「凪、千尋くんも連れて行くのですか？」

地下牢の鍵《かぎ》をさし出しながら、照が目を見開いた。

「当たり前だ。今の状況で千尋ちゃんをひとりにできるか。長老も信用できないんだ。俺が目を離した隙《すき》に、千尋ちゃんがさらわれたらどうするんだよ」

「……分家の靖男《やすお》ならば、信用できます」

「そうか。じゃあ、靖男をここに呼べばいい。その間に俺たちは地下牢に行く。そして、俺と漣のふたりで千尋ちゃんを守る。これが、一番危険が少ない。俺の眷属を預けておくから、なにかあったらすぐに伝えてくれ。……きたな」

凪の言葉が終らないうちに、背後から足音とともに「千尋殿がこちらに」という加賀見の女の声が聞こえた。

女の他に、浩志、そして他の鶴来一族の男たち四人が続いた。

「追手が増えてやがる……。しかも手練《てだれ》の奴らばかりかよ」

凪が舌打ちをして千尋の腕をつかんだ。

「四の五の言ってる暇はない。俺たちは行くぞ。照、おまえはここで足止めをしろ」

「……わかりました。千尋くん、気をつけて」

名残惜しげな照の声だった。凪に手を取られ、千尋は廊下を走りはじめる。六対一で戦う照を心配し、ふり返った千尋の目に映る背中は、戦う男のソレに変化していた。

照さん……大丈夫なんだろうか……。

急いで逃げなければいけないのはわかっている。しかし、照をひとりで置きざりにして、自分たちは逃げることに、足どりはどうしても重くなってしまう。

「千尋ちゃん、照なら大丈夫だよ。あいつは強い。それに、この屋敷はあいつのホームグラウンドだ。万が一、敵が襲ってきても対処できるよう、いろいろとしかけをしているはずだ。……それに」

「それに？」

「千尋ちゃんから力をもらって、あいつ自身もパワーアップしている。案外、照は力を試したくて、ウズウズしていたんじゃないかな」

「でも、同族相手に試すっていうのは……、やっぱり嫌なものでしょう？」

「違うよ。歯向かってきた同族だからこそ、思い切り叩きのめすのさ。手を嚙んだ飼い犬に躾《しつけ》をするのは、飼い主の責任だ。それに、あいつは穏やかな顔をして、かなりの負けず嫌いだ。舐められて腸《はらわた》が煮えくり返っているだろうし、容赦なく戦うに決まってる」

「……そういうものですかねぇ……」

そして、ふたりは地下牢の入り口に至った。

凪のスマホのライトを点け、洞窟を進み、漣が閉じ込められている牢の前に到着する。

「漣、今すぐ鍵を開ける。ここを出るぞ」

ライトの明かりに照らされ、腕組みして壁によりかかる漣が浮かびあがった。

真っ暗闇、しかも邪気の強い牢に入れられていたにしては、漣はほとんど消耗していなかった。いつもとかわらぬ、クールな美貌がそこにある。

「……俺をここに入れたのは照だ。照の許可は得たのか？」

「もちろん。非常事態でね、できれば移動しながら事情を説明したい。おとなしく出てきてくれないか？」

「…………」

凪が鍵を開け、扉を開いた。が、漣は壁によりかかったまま、動こうともしない。

「おい、漣？　なにをごねてんだよ」

「信用できない。俺をここから出したかったら照を連れてこい。照がきたら、俺はここを出る」

「こんの堅物がぁ……！」

あくまでも頑なな漣の態度に、凪が顔をひくつかせる。

「非常事態だって言っただろう？　言うことを聞かないと、力ずくでここからひっぱり出すぞ。いいか、邦彦の奴が加賀見の連中を島に引き入れたんだ」

「あいつが？」

漣の声色がかわった。腕組みをとき、真偽を確かめるようにひたと凪を見据える。

「本当だ。照は今、その対応でこっちにこられない。だから俺が代理できたんだ」

「……」

「凪さんの言うことは本当だよ、漣。だから早くそこから出て」

口を閉ざして考え込む漣に堪りかね、千尋が必死の形相で訴える。しかし、漣は相変わらず冷ややかな視線を向けるだけで、全身で千尋を拒絶していた。

冷たい視線に千尋は臆《おく》したが、勇気を奮い起こして牢内に入り、漣の腕をつかむ。

「近づくなと言ったでしょう。触らないでください！」

つかまれた腕をあげて、漣が千尋の手をふり払う。それでも千尋は諦《あきら》めず、今度は漣の胸に体ごと飛び込んだ。

「浩志って人が、加賀見一族に俺を渡す見返りに、俺を邦彦たちの共有物にするって言ってた。たぶん、捕まったら俺は、死んだ方がマシって目に遭うと思う。お願いだから、漣、ここを出て、いっしょにきて。俺を、あいつらから守ってほしい」

「……」

全身でぶつかってきた千尋に、漣は困り果てたようすだった。跳ね除《の》けるのでもなく、受け入れるのでもなく、中途半端に両腕を宙に浮かしている。

漣が困惑する様を目にした凪が、檻の向こうからここぞとばかりに駄目押しをする。

「千尋ちゃんを守るのはおまえの役目だろう。なにもなければそれでいいが、千尋ちゃんになにかあった時、おまえはそれにどう責任を取るつもりだ？　その時になって後悔しても、遅いんだぞ⁉」

漣の視線が千尋から凪に移り、そして地面に落ちた。いつもは固く引き結ばれた唇がゆっくりと緩んでゆく。

「………わかった……」

「ありがとう！」

「よっしゃ！　いったん上に戻るぞ。説明は歩きながらするから」

千尋とともに漣が牢から出た。

先頭が凪、そして千尋、最後に漣の並び順で地上へと向かう。

その間、凪が状況を説明し、聞き終えた漣は複雑な表情になった。

「……だいたいの状況はわかった。邦彦の狙いも……。宝剣は今、どこに保管されている？」

「さぁ？　俺は知らない。本家に近いといっても、しょせん荒木はよそ者だからな。その手の情報からはシャットアウトだ。族長と照と、あと二、三人の長老が知っているだけだろう」

「邦彦は？」

「……五分五分だな。奴ならば先代、先々代の族長に宝剣のありかを教えられているだろうし、その後、今の族長が保管場所をかえていたら、知らない可能性が高い」

「照に確認してくれ」

「了解。……以前のままだって」

一瞬、口を閉ざしたかと思うと、すぐに凪が答えを告げた。

凪が眷属に尋ね、その眷属が照の眷属に伝え、照の眷属が照に伝え、今度はその答えが逆の経路で返ってきたのだ。しかし、そのような通信手段があることを知らない千尋には、まるで魔法のように感じられた。

「凪さんって、超能力者？　テレパシーとか？」

目を丸くする千尋に、凪が「まさか」と苦笑する。

「さっき眷属を預けただろう。アレをトランシーバーがわりにしたんだよ。おい、漣、照が『どうしてそんなことを聞くのか』って言ってるぜ」

「邦彦の本当の狙いは先輩ではなく、宝剣の方にあるからだ」

「どういうことだ？」

「昔、奴が言っていた。万華鏡から力を得て、いずれ宝剣の遣い手になると。そして、族長になってやる、と。まるで、狂人のような顔でな」

漣の言葉に凪が口笛を吹いた。

「そりゃあ鉄板だ。とすると、邦彦は千尋ちゃんと宝剣と、両方を押さえたいだろうな」

「どちらか片方でも守りきれればこちらの勝ちだが、この場合、宝剣を守る方が優先だ」

まるで、自分を見捨てるような発言に千尋の足が止まった。

後ろを歩いていた漣と千尋がぶつかりそうになる。

「俺は、見捨てられる……のか？」

おまえに、という言葉は言えなかった。言えば自分が傷つく気がした。

ふり返っても洞窟内は暗く、漣の表情がわからない。

それが千尋の不安をいっそう駆りたてた。

「馬鹿なこと言うな、漣。千尋ちゃんが先だろう？　宝剣をたとえこちらが押さえても、あいつがこれ以上力を得たら、厄介なことになるのは間違いない」

「例えば？」

「そうだなぁ……。地脈に潜む龍《りゅう》を使役して、活断層を刺激して地震を起こす。富士山を大噴火させる。地味に、海底ケーブルの切断ってのも、影響がでかいな。その気になれば、衛星も落とせるし、台風でも雪崩《なだれ》でも大規模停電でも、いくらでもやりようはある」

「……あいつなら、天災を起こすと言って政府を脅迫する方を選ぶだろうな。人を殺すより、恐怖と暴力で支配する方が好きなんだ」

「日本を影から支配するって？　つくづく自己肥大した野郎だぜ」

忌々しげに凪が舌打ちをし、漣がそれにうなずいた。

「あいつは狂っている。力があれば、自分より弱い者には、なにをしてもいいという考えだからな。……それは、鶴来全体に言えるが」

「こんな時に内部批判か？　恨み言は後にしろ」

厳しい口調で漣をたしなめると、凪は洞窟内で足を止めた。

「どうしたの凪さん」

「照があがってくるな、だと。千尋ちゃんを安全に匿《かくま》う場所を、確保できないらしい」

「……確かに、地下牢に万華鏡がいるとは誰も思わないだろう。案外、ほとぼりが醒《さ》めるまでここにいるのが、一番安全かもしれない」

「瓢箪《ひょうたん》から駒《こま》ってやつだな。じゃあ、スマホの電池がもったいないから、いったんライトを消すぞ」

「え？　わっ」

凪がスマホの明かりを消した。わずかな明かりであったが、ないよりはマシだったらしく、ふいに訪れた暗闇に千尋が悲鳴をあげる。

漣と凪さんは暗いのに慣れてるからいいだろうけど、足元は不安定だし天井は低いし、いつぶつかるかわからないから、俺はヒヤヒヤするんだけど。

そう心の中でぼやいた途端、千尋は地面から生えた筍《たけのこ》石《いし》に足をとられた。

「わっ！」

よろめいた千尋を、すかさず漣が抱きとめる。

「気をつけてください」

「うん。ごめん、ありがとう」

自分を包む大きな体に、千尋の鼓動が速まり、頬が火照《ほて》る。

「先輩、怖いんですか？」

「どうして？」

「心音が速い」

「それは……」

漣にこうして触れているから。そう答えようかと思ったが、正直に言えば漣が体を離してしまうだろうと考え、千尋は「うん」と答えた。

ついでに、ちゃっかりとおねだりをすることも忘れない。

「怖いから……手を握ってくれる？」

「先輩、手を握られるの好きですね」

下心には気づかずに、千尋の手の甲を包むように漣の手が重なった。

「はいはい、そこのおふたりさん、いちゃついているところ悪いんだけど、これからどうするか決まったから」

凪が両手でパンパンと小気味よい音をたてて、ふたりの注目を集める。

「宝剣は照に任せて、千尋ちゃんは俺と漣といっしょにいったん島を出て、都内の俺のマンションに避難することになった」

「照さんは？」

「島に残るとさ。まだ長老のうちの何人かは味方についているだろうし、千尋ちゃんがいなくなれば島の連中も冷静さを取り戻すだろうから。それから、残る勢力を束ねて邦彦に対抗するつもりらしい」

「あの、照さん……今はどんなかんじですか？　戦いはもう終わりましたか？」

自分をここに逃がすため、照はひとり階上に残ったのだ。

漣と再会して浮かれてはいても、照のことは心の隅で気にかかっていた。

「まだ戦っている最中だ。……どうしても気になるようだったら、ようすを見てみれば？」

「ようすを？　どうやって？」

「照のことを思い出すというか……イメージでつかまえるんだ。そして、手ごたえがあったと感じたら、周囲のようすも見てごらん」

「……なんとなく、わかりました……」

凪の説明は漠然としていたが、そのやり方が有効であることはすぐにわかった。

いや、わかったのではない。知っていたのだ。

体に流れる血が囁く。『そんなことは、たやすいことだ』と。

神経を集中させると、脳内の黒いスクリーンに照の姿が浮かびあがった。

「……見つけた！」

照を見ながら、同時に照の視界を借りる。二重写しのようだがそうはならない。自分の中では矛盾なく、ふたつの映像が並立している。

その映像の中で、照の足元には四つの死体が転がっていた。加賀見の女は、緑色の紐《ひも》――凪の眷属だ――に縛められ、身動きが取れなくなっている。

残るひとりは浩志。最初に、千尋をさらおうとした男だ。壁によりかかり、今にも死にそうな顔をしていた。

見れば、浩志の腹部から血が流れ、足元に血溜まりができている。

『おまえもなかなかしぶとい。どうしても仲間の名前を吐かないつもりか？』

微笑を浮かべながら、照が男を詰問している。手には、柄まで血にまみれた日本刀が握られていた。青白い光を放つそれは、照の眷属が姿をかえたものだということを、千尋は瞬時に理解する。

『誰が。俺の主は邦彦様だけだ。その邦彦様を裏切るような真似《まね》ができるものか』

『あくまでも、私に楯突《たてつ》くつもりだ、と……。その忠誠心だけは褒めてやろう。では、死ね』

照が日本刀を振りあげると、それは鞭《むち》のようにしなり、男の喉元《のどもと》へと飛んでいった。鎌《かま》のような形に姿をかえた刃《やいば》が、浩志の首を一刀両断する。

浩志の首が胴体から離れ、切断面から勢いよく血が噴き出した。

「うわぁっ！」

そこまで見るのが限界だった。

照につなげていた回路を急いで閉ざして、千尋は顔をあげた。

「……照さんが勝ったよ……」

廊下に落ちた首は、最後に悔しげに瞬《まばた》きした。その残像が千尋の脳裏に焼きついている。

「じゃあ、上にあがろうか」

そう凪に言われたものの、さきほど受けた衝撃の大きさに、千尋の膝《ひざ》は震え、足を踏み出すどころではない。

「漣……さっき見た映像のインパクトがすごすぎて、俺、動けなくなっちゃった」

「なにを見たんです？」

「浩志って人の首が、胴体から切り落とされたところ」

「あぁ……」

しかたない、という声でつぶやくと、漣が腰を落として千尋を背負った。

「ごめん……」

こんなふうに漣の世話になるのは何回目だったか。ここにきてから毎日、なんだかんだと漣に面倒をみてもらっている。

漣が優しくて良かったよ。そうでなきゃ、いい加減、呆れられて見捨てられちゃうよなぁ。男なのに、あまりにも情けないってさ。

でも、絶対に漣はこんなことでは呆れない。そんな確信が千尋にはあった。

漣におぶわれながら一足遅れて階段に辿り着くと、先に階段をあがっていた凪が「ちょっと待て」と制止の声をかけてきた。

「どうしました、凪さん？」

「……照から連絡だ。邦彦の一味が屋敷に火をつけたらしい」

「……そういえばちょっと焦げ臭い……？」

千尋が注意深く臭いを嗅ぐと、空気にほんのわずかだが、物の焦げる臭いがした。

「急ごう。……悪い予感がする」

凪が足を速めた。その背中を見あげながら、千尋の鼓動が、不安でじょじょに速まってゆく。

「しまった！」

階上から悔しげな声がしたかと思うと、凪が壁を殴りつけた。その凪の姿が白い靄《もや》に包まれている。

「漣、早くあがってこい‼」

「わかった」

その声に漣が階段を駆けあがった。千尋はふり落とされないよう漣にしがみつく。

「あぁっ！」

階上に着いた千尋を出迎えたのは、白い煙とすすの臭い、そしてパチパチという木が燃えてはぜる音であった。

「漣、おろして。もう、ひとりで歩ける」

さきほどの恐怖は吹き飛び、生き延びようという意志にとってかわった。

火事場の馬鹿力のようなものだが、現在進行形で家屋が燃えているのだから、それも当然だった。

「漣、眷属を先行させて、どこでもいいから一番近い出口を探させろ」

「わかった。……行け」

漣の言葉に、影の中から夜色の蛇が現れた。蛇の先導に漣が続く。

三人は出口に向かって歩き出したが、どうしてそんなことをするのか千尋には謎《なぞ》であった。

「あの……凪さん、どうして蛇を先導させるんですか？」

「千尋ちゃんは、この建物にしかけがしてあるのは知ってるかい？」

「知ってます。照さんが説明してくれました。空間を曲げてつないでいるって……」

「そうだよ。例えばあそこに見えない扉があるとする」

そう言って凪が廊下のつきあたり、丁字路のようになっている箇所を指さした。

「あそこに辿り着いた瞬間、俺たちは見えない扉をくぐって空間を移動する。その移動した先が炎上していた場合、俺たちはいきなり炎のまっただ中に放り込まれてしまう」

「……想像したくない未来ですね」

「だろう？　だから眷属に先導させる。突然、炎の中に飛び込まずにすむように」

なるほど、と千尋がうなずいたところで別のエリアに入ったようだった。煙がいっそうきつくなり、千尋はたもとで口を覆って呼吸をする。

「照さんは無事なんでしょうか？」

「おそらく。保管場所に近い場所から、火の手があがったらしい。さっき、火の勢いがそれほどでもないうちに剣を取り出せたと連絡があったから……今頃は建物から脱出したんじゃないかな」

「……そろそろ出口だ」

ふたりのやりとりが終わるのを待っていたように、漣が言った。

「次の角を曲がると、庭に面した廊下につながる。ただ、かなり火の手が迫っているそうだ。……どうする？」

「多少の危険はしょうがない。まずは、千尋ちゃんをここから逃がすのが先決だ」

廊下の角を曲がった途端、舞いあがった火の粉が三人を襲った。

「うわっ！」

驚きの声をあげると、炎から身を守るように千尋は顔の前に腕をあげる。

漣の言った出口は……あそこか。

炎の舌に舐められ、崩れ落ちた雪見障子の向こうに庭が見えた。

ここからの距離は五メートルほどだが、その間を気後れする勢いで炎が燃えている。

「…………これは……」

炎に照らされ、千尋の顔が黄金色に染まる。炎の高さは一メートル、幅は三メートルほどか。助走をつければ幅跳びの要領で飛び越えられるだろうが、そんな場所の余裕はない。

走り抜ければ火傷《やけど》は必至。その上、炎は千尋たちの逃げ場を奪うように、じょじょに迫り、熱気もどんどん強まっている。

「どうしよう……」

進退窮まった千尋が漣にすがりつくと、漣が千尋の体を抱きあげる。

「大丈夫、先輩は俺が守ります。しっかりつかまっていてください」

「え？　あ、わぁっ!!」

ときめく間もなく、漣が千尋を抱えたまま炎の中を走り抜けた。

一足遅れて凪が続き、三人は夜の庭へとおり立った。千尋は無事であったが、漣のジーンズの裾《すそ》が燃えている。

「漣！　足！　燃えてる、燃えてる!!」

千尋の悲鳴に、漣が地面に足を擦りつける。二度、三度と地面に足を擦りつけると火は消えた。しかし、夜目でもわかるほど漣の足は赤く爛《ただ》れている。

「こりゃあ、治療が必要だな。ここじゃあ建物に近すぎる。漣、あそこの茂みまで移動できるか？」

「あぁ」

「漣、俺の肩を貸すよ」

「結構です。ひとりで歩いた方が、早い」

「うん……」

申し出をすげなく断られはしたものの、千尋はそれでも漣により添い並んで歩く。

凪さんが治療すれば、すぐに火傷は治るかもしれない。でも、今、漣は痛くてしょうがないはずだ。

庇われた自分が無傷であることが、漣の苦痛を思う以上に、千尋の胸を切なくさせた。

三人が庭木の陰に身を潜める。漣が地面に座り、投げ出した足に凪が手をかざす。

治療がはじまるとすぐに、建物の方から男たちの声がした。

「いたか？」

「いや、まだだ」

「建物の中にいるのは確かだ。いずれ、庭に逃げてくる。それまで待つことにしよう」

「照はどうだ？」

「そっちもまだだ」

声はすべて別の男のものだった。最低で五人、おそらくそれ以上の数の男たちがいて、千尋と照――宝剣か――を、探している。

そして、男たちのやりとりから、照の無事がわかったのは幸運であった。

「照さん、どうしてるだろう。……そうだ！」

凪の治療の間、千尋は待つ以外することがない。それならばと、千尋は照のようすを確かめることにした。

目をつぶると、恨めしげな浩志の首がまぶたに蘇ってしまう。

「――っ！」

千尋が鋭く息を飲む。心臓が早鐘のように鳴っていた。

またあんな光景を見てしまったら。そう思うだけで千尋は恐怖で萎縮《いしゅく》してしまう。

怖い……。だけど、今は、怯えている場合じゃない。

照に教わった通りに腹式呼吸をし、心を落ち着かせ、意識を集中した。暗闇の中を意識だけが飛んでゆく、独特の感覚を感じながら、千尋は照を探すことに専念する。

「照さん……つかまえた。良かった、無事だ」

意識を集中したままで千尋がつぶやくと、治療中の凪がほっとしたように息を吐いた。

「照さんの他にもうひとりいる。四十代くらいの靖男って呼ばれてる男の人だ。照さんの抱えてる細長い包みが、宝剣なんだと思う」

「千尋ちゃん、見てくれたんだ。ありがとう。そろそろ治療が終わるから、俺がコンタクトを取ってみるよ」

凪の言葉に漣の足を見ると、さきほどまで赤く爛れていたのが嘘のように、綺麗に皮膚が再生していた。

「良かった……」

千尋が胸を撫でおろす。すぐに凪が「終わった」と声をかけ、漣が座ったまま治り具合を確かめるように足首を動かした。

「調子はどうだ？」

「特に違和感はない。大丈夫だ。これならすぐにでも戦える」

「照とも連絡が取れた。ここからヘリポートに行く途中で落ち合うことになった。……行くぞ」

小声で指示を出しながら、凪が屋敷の方をうかがった。

さきほどは声だけだったが、今はふたりの男が目に見える位置にいる。こちらに背を向けているのを幸いとばかりに、三人は物音をたてないように移動する。

「おかしいな。加賀見の女は、万華鏡はこっちにいると言っていたのに……」

「なかなか出てこないな。まさか、もう中で焼け死んじまってるってことはないか？」

背に男たちの会話を聞きながら、千尋は「おあいにくさま」と内心で舌を出した。

誰が、おまえらの思う通りになるもんか。俺は生きてこの島から逃げてやる。絶対に。

身をかがめ、庭木の陰に隠れながら三人は庭を横切った。屋敷の敷地はよく手入れされた潅木《かんぼく》に囲まれており、これを飛び越えれば、屋敷からの脱出は成功する。

漣が最初に潅木を飛び越え、千尋が後に続く。

「よっと……」

小声でかけ声をかけながら千尋が宙を飛んだ。草履にしてはうまく踏み切れたのだが、慣れない着物姿であることが災いした。

着物の裾が潅木にひっかかり、不自然に大きな物音をたててしまう。

「！」

その瞬間、千尋の心臓は止まりそうになった。「しまった！」と思った時にはもう、屋敷の方から男たちの声がしていた。

「いたぞ、あっちだ！」

白い着物を着ていたのも運が悪かった。

闇に千尋の姿が白く浮かびあがり、格好の標的となってしまう。

「ごめんなさい！」

「謝る暇があったら、とにかく走れ！」

そう叱咤すると、漣は千尋の手をつかんで走り、やや遅れて凪が続いた。

鶴来邸がかがり火となり、周囲を明るく照らしている。建物の周りから、ひとり、またひとりと男たちが現れて、怒声をあげながら三人を追ってくる。

「このままじゃ目立ちすぎる。漣、森に入るぞ。取り囲まれないよう、注意しろ」

千尋たちと追手の距離は五十メートルほどであろうか。わずかばかりのアドバンテージを生かして、逃げおおせようという凪の計画である。

「わっ。わ、わわわっ！」

千尋が奇声をあげながら、暗闇の中を走った。

森の中は下草ですべって、走りにくいことこの上ない。

太い木の根を飛び越え、枝をかがんでやり過ごしても、跳ね返る細い枝が、千尋の頬や腕、ふくらはぎにかすり傷を作る。

「漣、もうそろそろ追いつかれる。おまえは足止めを頼む。できれば殺すなよ。戦闘不能にすればいいんだからな」

「わかった」

漣が千尋の腕を放して立ち止まった。すかさず、漣にかわって凪が千尋の肩を抱く。

「千尋ちゃんはこっちだ」

ちょうどいい具合に漣のいる場所から陰になる笹藪《ささやぶ》を凪が指さした。

「ここに隠れよう。眷族がいない俺と千尋ちゃんじゃ、足手まといにしかならない」

「……漣をひとりで戦わせて、大丈夫ですか？」

「森に入って、あちらさんはふたり一組で行動している。二対一くらいだったら、漣ひとりで十分さ。……もっとも、こっちもそれを狙って森に逃げたんだけどね」

言いながら、凪はズボンのポケットから親指の先ほどの水晶珠を六つ取り出す。千尋たちが隠れた場所に、直径一・五メートルほどの円を描くように等間隔に置いた。

それから、凪が小さな水晶柱を手に、円の中心に座り、千尋を隣に座らせる。

「さて、簡単だけど目くらましの結界を張った。俺たちは漣の足手まといにならないように、ここで静かに隠れているんだ」

凪が言い終えるとほぼ同時に、木々の向こうから男がふたり、姿を現す。

「なんだ、万華鏡かと思ったら、半端者の小僧か。さっさと降参して、万華鏡を出せ」

男のひとりが漣を嘲笑《ちょうしょう》する。が、そんなことには慣れているのか、漣の表情はぴくりとも動かなかった。

「御託はいいからさっさとかかってこい。こなければ、こちらから行くぞ」

そう宣言すると、漣が優雅に腕をあげた。

漣が気合の一声をあげると、夜色の蛇が嘲りの言葉を発した男に飛びかかる。

「これくらい、かわせる」

余裕の笑みを浮かべ、男は自分の眷属を出すとそれを楯にかえた。眷族どうしがぶつかって、閃光《せんこう》が辺りを照らした。

その間に、漣はふたりの男との距離を詰めていた。ひとりの腹を蹴《け》りつけて動きを封じると、ジーンズのポケットからナイフを出して、残る男の左の太腿に突きたてる。

「うわぁっ!!」

「ぐっ！」

男たちの口から、悲鳴とくぐもった声が、ほぼ同時にあがった。

漣はナイフを引き抜くと、すかさず右の太腿に突きたてた。両足から鮮血を流しながら、男がたまらず膝をつくと、漣は男の頭を抱え、顔面に膝蹴りをかました。

「……あ……」

男の動きが完全に止まり、背中から地面に倒れた。

「ち、畜生!!」

腹部を蹴られた男が、口から胃液を溢れさせながらわめいた。漣はなんとか踏ん張っている男の首筋に手刀を入れる。

残った男もまた、声もなく前のめりに地面に倒れた。

漣はこの男が意識を失っているか確認すると、地面にしゃがんで気絶した男の脚を太腿にのせた。

気合を入れながら漣が腕に力を込めると、骨の折れる鈍い音がして、男の脚が不自然な方向にひん曲がった。

決着がつくまで、時間にしてわずか二分ほどだった。

千尋が鮮やかな漣の動きに見とれている間に、すべてが終わった。

「……お見事……。一瞬だったな。俺のリクエストに応えてくれてありがとう」

「こいつらの足は潰したが、どうせ後でおまえが治すんだろう?」

「もちろん。今は敵だが同族だからな……。ほとぼりが冷めたら治療して、せいぜい『凪様』と崇《あが》め奉らせてやるぜ」

　嬉しげな顔をしながら、凪が結界を張るのに使った水晶珠を回収する。

　そんなふたりの会話を、千尋は腰を抜かしながら聞いていた。

「……びっくりした……。ナイフなんて、いつも持ち歩いてるんだ……」

「ナイフ以外にも、いろいろ仕込んでありますよ。先輩に渡したペンダント、それも武器のひとつです。それを指の間に挟んで殴れば、ダメージは倍増します。目を潰すこともできますし」

　凪につかまりながら立ちあがる千尋の胸元を漣が指さした。

「他にも、俺が今しているペンダントや指輪なんかのアクセサリー、靴にも呪術《じゅじゅつ》系の仕込みをしてます。服の裏にも、ほら」

　漣が着ていたジャケットの裏を返して見せると、お札らしき物がびっしりと貼《は》ってあった。

「俺にとって、この島は敵地と同じですから。気に入らないというだけで攻撃されますしね。攻撃されるとわかってるんですから、俺だって防御策をこうじます。さて、行こう凪。照はなんて言ってる？」

「あぁ、あっちはもう着いたとさ。もう少し近づいたら俺の眷属が帰ってくるから、照のところに案内させる手はずになってる」

凪の説明にうなずくと、三人は合流地点に向かった。

幸いなことに他の追手と遭遇することなく、凪の眷属と合流できた。

「よしよし、よく帰ってきたな」

宙を飛ぶ緑色の蛇を手のひらにのせると、凪が安堵したように吐息をついた。

蛇の方も主人に頰ずりし、全身で喜びを表す。

「お帰り」と声をかけると、今度は千尋の肩にのり、餌をねだる仕草をする。

「おいおい、なにしてるんだ。今は食事よりも案内が先だろう？」

食い意地の張った眷族を慌てて凪がたしなめる。けれども、当の千尋は微笑を浮かべながら蛇に手をさし出した。

「俺は構わないよ、凪さん。ちょっとだけなら。こいつも頑張ったんだし」

「悪いね、千尋ちゃん。……おまえもほどほどにするんだぞ」

苦笑しながら釘《くぎ》を刺すと、凪が先頭に立って歩きはじめた。五十メートルも行かないうちに、目の前の潅木が動いて音をたてた。

三人の間にいっせいに緊張が走り、漣が千尋を庇うように一歩前に出る。

「……私です……」

か細い声がしたかと思うと、枝が割れ、照が倒れるように姿を現した。

「照さん‼」

「照、おい、どうした。なにがあった‼」

真っ先に凪が駆けより、地面に伏せた照を抱き起こした。照の背中に手をやった凪の動きが止まる。信じられないという目で手のひらを見つめた。

凪の手は、照の血で濡《ぬ》れていた。

「照、背中からやられるなんてどうした？　いったいなにがあった⁉」

尋ねつつ、既に凪は傷口に手をかざしている。

「靖男に……やられた……」

「なんだって？　長老の靖男は俺たちの味方じゃなかったのか⁉」

「そのはず、でした。ここまで靖男とふたりで逃げてきて、凪に眷属を返した途端、後ろから切りつけてきて……。とっさにかわしてここまで逃げてきましたが……。どうやら、この剣が目当てだったようです」

照が胸元にしっかり抱えた錦糸の袋に視線を落とした。

「考えたな。剣と先輩と、ふたつがここに揃《そろ》うんだ。靖男といえば、族長の従兄弟《いとこ》だし……族長の座を狙ってもおかしくない」

漣が淡々と意見を述べると、凪が大げさに息を吐いた。

「この島に俺たちの味方は誰もいないってことか⁉」

忌々しげにつぶやくと、凪が照の胸元から宝剣の入った袋を抜き、漣に手渡した。

「おそらく、千尋くんのせいでしょう。万華鏡の光に、この島の男も、眷属も……夢中になり、狂わされてしまう……」

「やだよ、俺、そんなの」

狂った結果が、今の照だ。仲間と信じた人間に裏切られ、背中から切りつけられて重傷を負っている。その原因にされて、千尋が怯えるのも当然だった。

唇をきつく引き結びながら、千尋は漣の腕にすがる。そんな千尋を横目で見ながら、押し殺した声で凪が言った。

「おい、漣、千尋ちゃんを連れて、おまえらだけでこの島から逃げろ」

「凪さん、突然、なにを言うんですか!?」

「照はまだここから動かせないし、俺は照についていてやらなきゃならない。漣、おまえが、千尋ちゃんを守るんだ……わかったな」

「あぁ」

漣はあっさりうなずくと、照の手からヘリのキーを受け取った。そうして、千尋の手首をつかんだ。

「でも、照さんが……それに凪さんも……」

千尋は照の怪我を心配していた。そして、この騒動の渦中に取り残されたふたりがどうなるのか、それも気がかりであった。

もしかして、ふたりとも殺されちゃう……とか……。

眉をよせ、不安に揺れる瞳でふたりを見ると、凪が大丈夫、というように笑った。

「俺たちは大丈夫だよ、千尋ちゃん。俺は救急箱として島で重宝されているし、照には俺が手出しさせない。だから、安心して逃げるんだ」

「……はい……」

「よし、行け！」

凪の声に背中を押され、弾《はじ》かれるように千尋が走り出した。

その背中を見送りつつ、照がぽつり、と口を開いた。

「……行きましたね……」

「あぁ」

「これで千尋くんは漣のもの、ですか……。参りましたね」

照に癒しの光を当てつつ、凪が柔らかに微笑む。

「漣は千尋ちゃんを頑なに拒絶してるから、どうなるか、まだわからないな。いずれにせよ、千尋ちゃんは漣が好きなんだ。おまえが選ばれることはない」

「わかってますよ、そんなこと。でも、少しでも可能性があれば、それに賭《か》けてみるのは当然でしょう？」

痛みが引いてきたのか、照の顔が穏やかになり喋り方もスムーズになっている。

「おまえの、そういう前向きに頑張るところ、俺は好きだよ」

「それはどうも。でも、あなたは漣のことも、私と同じように好きでしょう？」

照が艶《つや》めいた目で凪を見やり、口元に皮肉っぽい微笑を浮かべる。

「まぁね。でも、本音を言えば、俺はこの島の連中全員が、同じくらい愛おしい」

「さすがはお医者さまだ。医は仁術、といいますからね。……さて、のんびり治療をしてもいられないようですね、靖男がここを嗅ぎつけたようです」

ゆっくりと身を起こし、凪の手を借りて照が立ちあがった。

青白い蛇が、刀に姿をかえた。

切れ味鋭い妖刀を手にした照の顔には、残酷な笑みが浮かんでいた。


千尋と漣は、なんとかヘリポートが見える位置まで移動した。木々の梢《こずえ》の間から、ぽっかりとなにもない空間が見える。

「……誰もいない、みたいだな……」

「そうですね、なんの気配もない。行きましょう」

静まり返ったコンクリートの上を、ふたりはヘリコプターに向かってひた走る。

良かった。追手も、まだここまできてなくて。……凪さんたちのことは気になるけど、俺がこの島にいるとみんなおかしくなるんだから、ここから逃げることが先決なんだ。

心残りはあるものの、同時に、ようやくこの突然押しつけられた非日常から抜け出せることへの安堵もあった。

ごめんね、凪さん、照さん……。

心の中で手を合わせつつ、千尋がヘリコプターに乗り込もうとした。しかし、先にヘリコプターの操縦席に乗っていた漣のようすがおかしい。

「どうしたの？」

「ヘリが壊されています。……クソっ!!」

苛立ちと失望の入り混じった声で言ったかと思うと、漣がドアを叩いた。

「え？　どういうこと？　……あっ!!」

千尋が操縦席をのぞき、絶望の声をあげた。

ヘリの計器に、斧《おの》が突きたっていたのだ。その周りも斧でやられたのか、無茶苦茶に壊されており、とても操縦できる状態でないことは、素人《しろうと》の千尋でもすぐにわかる。

ここから逃げることだけを目的としていたふたりは、落胆のあまり、身動きさえできなくなった。

「……こうなる可能性は、考慮しておくべきでした。奴らの狙いは先輩だ。海から船で脱出することが不可能な以上、この島から出るにはヘリを使うしかない。こどもにだってわかる道理だ」

おそらく、邦彦たち一派は、最初にヘリを壊し、千尋たちの退路を潰してから、鶴来邸に火をかけたのだ。

念入りに壊された計器に、邦彦の執念を見た気がして、千尋の全身に鳥肌がたった。

「……それで、どうするの、漣？　俺たち……俺は、どうなる？」

冷たくなった手で、千尋は漣の腕をつかんだ。失望のあまり脳が痺《しび》れてしまい、なにも考えられない。

どうしよう、どうしたら……。逃げないと……でも、どうやって……？

「先輩……。まずは、ここから離れましょう。俺だったら、ヘリを壊しておいて、見張りをたてます」

「見張り？　見張りがいるなら、どうして俺たちはなにもされなかったわけ？」

「見張るだけなら、能力の低い人間で十分です。俺たちがここにくるかどうかはわからない。その前に捕まる可能性もあります。そうして先輩の居場所を正確に把握して……強い奴が出てくるのは、それからです」

「だったら、すぐにここから逃げないと！」

「そういうことです」

漣がうなずくと同時に、ふたりはヘリコプターをおりた。またしても、暗い森の中に逆戻りだ。

いったん森に身を潜めてから、千尋は漣に小声で尋ねた。

「……それで、これからどうする？　凪さんたちと連絡を取った方が良くない？」

「そうですね。スマホに連絡を入れてみます」

漣がポケットからスマホを取り出した。会話が途切れると、森の静けさがいっそう心に染み入り、どうしようもなく不安が込みあげてくる。

「駄目だ。出ませんね。電池切れか、出られない状況にあるのか……。ＳＮＳにメッセージを入れますけど、いつ返信があるか……」

漣の言葉は千尋の不安を更に煽《あお》るだけだった。

出られない状況って、どういうことなんだろう。照さんの治療がうまくいってない、とか……。

不安はすぐに悪い想像に姿をかえた。自然と千尋の頭がさがり、うなだれてしまう。漣がメッセージを打ち終わると、すぐに千尋が「これからどうする？」と声をかけた。

「ここで、夜明けまで待つ？」

「いいえ。ここはヘリポートに近いから危険です。じっとしていれば、しらみつぶしに探されて、すぐに見つかってしまいます」

「じゃあどこに行けばいいんだ？」

「………」

「この島のどこかに、安全な場所はあるのか？」

顔をあげ、千尋は漣の瞳を見据えた。

島から逃げることもできない。逃げ込む先も、匿ってくれる人もない。水や食料さえもない状態で、森に隠れて何日もつのか。

いずれ、絶対に俺は捕まる。どうせ捕まるのならば、やることを全部やろう。悔いを、残さないように。

千尋の腹が据わった。低い声でゆっくりと、自分に言い聞かせるように漣に語りかける。

「……港に行こう。船で、ここから逃げるんだ」

「はぁ？　あんたなにを言ってるんですか？　海は……港は邦彦のホームグラウンドだ。よしんば船に乗ったとしても、すぐにあいつの眷属に見つかって送り返されるだけですよ？」

「じゃあ、この島をずっと逃げ回るわけ？　いずれ、絶対に捕まるよ。だったら俺は、やるべきことを全部やって、納得して捕まりたい。捕まった後、あの時ああしていれば良かったって後悔しながら生きていくのは、絶対に嫌だから」

炎のように燃える瞳で千尋が漣を睨みつける。

そんなことは、漣にだってとっくにわかっているはずだ。だから、ヘリコプターを壊されたとわかった後、漣の表情にも声にも冴《さ》えがなかったのだ。

「……先輩が、そう決めたのなら……。それに、港の方へ逃げるとはあいつらも思わないでしょうから、悪くない考えです。その間に、もしかしたら照たちが事態を収拾するかもしれない」

そんなことは、丸っきり信じていない声だった。

凪と連絡がつかない、ということは事態が悪い方に動いていると考えるのが必然だ。けれども、今のふたりは、たとえ小さな希望であってもそれを信じていたかった。そう信じないと、気力がすべて失われ、立ちあがることさえできなくなってしまいそうだった。

地面に置いた宝剣を手に取り、漣が立ちあがった。

千尋も腰をあげたが、慣れない草履での強行軍に足はだるく疲れていたし、鼻緒の肌に当たる部分が擦れ、靴ずれもできていた。

それでもふたりは森の中を歩き続けた。集落に近づいても、ぎりぎりまで森の中を行き、港を目指す。

途中、何度かふたり組の男たちと行き逢《あ》ったが、ある時はうまくやり過ごし、またある時は漣が戦って、なんとか無事に森の外れの一軒家へと辿り着いた。

半分、森に埋もれるようにして建つ粗末な家に千尋は見覚えがあった。それは、漣の夢で見た家だった。

「俺の家です。ここで少しだけ休みましょう」

「うん……」

埃《ほこり》っぽい家に足を踏み入れると、千尋が安堵のため息をついた。

やっと、休める……。足も痛いし、喉も渇いた……。

ぐったりと土間の落ち縁に腰かけた千尋に、漣がふちの欠けた茶碗をさし出した。中に入った水を千尋は一息で飲み干す。

歩き通して渇いた喉に、それは甘露のように感じられた。ようやく人心地がついて、千尋は漣を目で探す。

漣は部屋で荷造りをしていた。

「なにをしてるんだ？」

「邦彦と戦う準備ですよ。海に出たら、絶対にあいつがやってきます。俺の術や札がどこまで効くかわかりませんが、ないよりマシでしょう」

「そうか……」

手にした茶碗に視線を落とし、千尋はこれから邦彦と戦うこと、そして海に住み邦彦に力を貸す異形のことを思った。

人間ならまだしも、あんな幽霊みたいなのと、どうやって戦うんだろう……。漣もここにくるまでに相当疲れてるみたいだし、俺たち、本当に逃げられるんだろうか？

絶望的な状況で、体がひどく疲れていた。ともすれば心が萎《な》えてしまいそうになるが、それでも漣がそばにいるだけで、千尋は希望を持つことができた。

最後にいっしょにいるのが漣で良かった……。漣じゃなかったら、とっくに俺、「もう駄目だ」って諦めてただろうな。

そう思うと、こんな状況にもかかわらず千尋の口から笑い声が漏れた。

「……なにがおかしいんですか？」

「あぁ、最後におまえといっしょにいられて嬉しいなぁって思ったんだよ。どうせだったら、最後くらい、好きな奴といたいもんだからさ。漣はそう思わないか？」

さりげない愛の告白に、漣が面食らったような顔をした。

「あんた、俺のことが好きなんですか？」

「そうだよ。言ってなかったっけ？」

「聞いてません。迫られはしたけど、そういう意味には取りませんでした」

「あのさぁ、俺が迫ったって時点で好きだからって思わない？　それに何度も俺、おまえを選ぶって言ったじゃないか。そりゃあ好きって言葉にしたわけじゃないけど、そこはほら、後輩だったら空気を読んでくれないと」

「無茶言わないでください」

堪りかねたような声を出し、漣が苛だったように舌打ちをする。

「無茶くらい言わせろよ。こんな軽口を言えるのも、俺は最後かもしれないんだぜ。邦彦に捕まったら、俺、ぐちゃぐちゃにされるだろうしさ。そうなった後でおまえに会っても、もう、なにもわかんなくなってるかもしれないし……」

千尋の脳裏にさきほど見たヘリコプターの計器が蘇った。

あの計器に、自分の未来を重ねてしまう。

邦彦たちに捕まっても、殺されるわけじゃない。でも、死んだ方がましだって目に遭わされるんだろう。

手とか足とかぐちゃぐちゃに潰されて……。やっぱり捕まった凪さんに治されて、そして また潰されたりして。

治ったと思ったら潰される。壊される。そして、犯される。そして治されて……そんなことが何度もくり返されるんだろう。

そうなったら、俺は、きっと狂う。

正気なんて、とてもじゃないけど、保っていられない。

「そうなる前に……捕まりそうになったら、俺を殺してよ」

「え⁉」

さらりと述べられた言葉に、漣の手が止まる。そして千尋を見据えながら、漣が落ち縁にやってきた。

「だからさ、酷いことされておかしくなる前に俺を殺して。おまえにだったら殺されてもいいし、化けて出たりもしないからさ」

「あんた……俺のことなんだと思ってるんですか？　そんなこと言われて、はい、そうですかって従えるわけないでしょう⁉」

「わかってる。漣は優しい。だから頼むんだよ」

倒錯しているようだが、それが千尋の真実だった。

千尋が落ち縁から立ちあがり、漣の頬に手を添え、そっと口づけた。

……やっぱり、キスは拒まないんだな。

乾いた漣の唇を舌で舐めながら、おかしいような悲しいような、複雑な想いが湧きあがった。

「優しいから、俺のことを考えたら、そうするのが一番いいっていうのはわかるだろう？　この世にはたぶん、死んだ方がましだっていう状況がある。あの晩、邦彦が砂浜で言ったんだ。頭と胴さえあればセックスはできるって。足を潰して手を潰して……。目も耳も、いらないとなればあいつは俺から奪うだろう。そして、俺を壊しきって力を得たあいつは、たくさんの人を殺すのかもしれない。数十、数百、数千……それ以上の人々を。俺をその悲劇の原因にさせないでくれ、お願いだから」

　極端に悪い想像ばかりが膨らむが、漣は否定しなかった。

　邦彦ならやりかねない、そう表情が語っている。

「……だからって……。畜生。あんたを殺すくらいなら、死んだ方がましだ！」

「死んだ方がまし、か。おまえ、前にも同じことを言ったよな。俺が力を吸えって言ったら……」

　そうだ。その時も『敵と同じことをするなら死ぬ方を選ぶ』と言ったのだ。

　ゆっくりと千尋は漣の顔から首、胸元と視線をおろし、最後に漣が握った宝剣に目を留めた。

　そうだ……。俺と、宝剣と。邦彦が欲しがっているものが、両方、ここにある。だったら、それを奪われる前に俺たちのものにしてしまえばいいんだ。

　そう考えた千尋の目に希望の光が灯《とも》った。

「漣、質問。どうせ死んだ方がマシなら、俺を殺すのと俺から力を吸うのと、どっちを選ぶ？」

「それは……」

「どっちも嫌だっていうのはナシだ。おまえがそれを選ばないと、俺は死んだ方がマシだって目に遭うんだからな。おまえの場合、本当に死にやしないが、俺は現実に酷い目に遭うんだぞ」

　そこまで言っても、漣はどちらも選ぼうとはしなかった。自分の中のなにかと戦っているのか、千尋から顔を背け、板敷きの床に視線をさまよわせる。

「おまえの母親がどうだったのか知らないけど、俺はそれを望んでる。おまえが『うん』と言えば、それは合意になるんだよ。無理に奪うんじゃないから、おまえは絶対、あいつらと同じになんかならない。おまえがどう思おうとも、俺はそう思う。それで、どうせなら、おまえが、俺が生きて幸せになる道を選んでほしい、とも思うよ」

　両腕を伸ばして、千尋は漣を抱き締めた。

　肩口に顔を埋め、漣の汗の臭いを嗅ぐと、胸が切なく締めつけられる。

「俺は……俺は……」

　耳元で懊悩《おうのう》する声が聞こえる。浅い呼吸をくり返しながら、漣の体は震えていた。

　漣は今、自分の心と戦っている。こだわりとか信念とか、自分の中で大切にしていた生き方の筋みたいなものをかえようと、捨てようとしている。

　頑張れ。そう心の中でつぶやいた。

　それは漣が決めることで、どんなに愛していたとしても、他人がかえることは決して許されることではないし、また同時に、誰かに言われたからという理由でかわるものでもなかった。

「俺は……そうしたいけれど……でも……」

「なにが問題なの、漣の中で」

「俺は、あんたを気持ち良くさせる自信がない」

「？　なんでそんなことが問題なわけ？」

さんざん迷ったあげくに、他愛もない理屈を持ち出され、千尋は拍子抜けしてしまう。

「力を抜くには、セックスが……強い快感を得ている人間から奪うのが、一番、効率がいい。俺は母親のことがあって、体内に淫虫を飼ってない。それに……」

「それに？」

「この間、先輩としたのが初めてだったから、うまくやれる自信が、ない」

「‼」

顔を真っ赤にさせて告白する漣の顔をまじまじと見つめ、そして、千尋が吹き出した。

こんなに背が高くて、かっこ良くてクールな男が、ついこの間まで童貞だったのか！

俺だって高校時代にすませてたっていうのに……。いやまぁ、家庭環境とかトラウマとか考えたらそれも納得、なんだけど。

でも、意外だ。普段感情を表に出さない分、そんなことにこだわっていたのかと思うと、おかしすぎる。

……あぁ、違う。今までこだわっていたことを捨てるのは怖いから、だから小さな理由をわざわざ探して、捨てなくていいように、自分をかえずにすむようにしているんだ。

「な、なんで笑うんですか。聞かれたから答えたのに、そんな……」

プライドを傷つけられたか、漣が半泣きになる。それは、十九歳の少年にふさわしいナイーブな表情だった。

そして千尋にはわかった。明言こそしなくとも、漣が、どちらを選んだのかを。

「ごめん、ごめん。笑っちゃって。でも、大丈夫だよ、俺がリードするから」

ここは年長者の余裕を見せて、千尋が漣の頬に口づけた。それで機嫌が直ったのか、漣の表情が柔らかくなる。

「でも、それじゃあ……」

「大丈夫だって。俺、淫虫なんて道具を使わなくても、漣に触られるだけで、十分感じるんだよ。……どうしてか、わかる？」

「…………」

「好きだから。好きな人にだったら、なにをされても、どんなふうであっても、気持ちいいんだよ」

再びついばむだけの口づけをして、漣の股間をそっと撫でた。

「もう漣は知ってるだろう、そのこと。……あの晩、俺は初めて口でしたけど、漣は気持ち良かったよね？」

「…………」

「だから、なにも心配することはないんだよ。……しよう。今すぐ、ここで。俺たちに時間はない」

艶然と微笑みながら、千尋が漣の首に腕を回した。目を閉じて唇を半開きにすると、温かい肉が触れ、そして、柔らかい舌が忍び込んできたのだった。


いつ、追手がやってくるかわからない状況での性交は、忙《せわ》しないものとなった。

千尋は着物を脱ぎ、襦袢を腰紐で結んだだけの姿になっている。

その間に漣は上半身裸になって、薄い布団を座敷に延べていた。準備ができると、もつれるようにふたりは布団に横たわり、互いの体をしっかりと抱き締めあった。

「ん……」

頬を捕らえられ、唇を中心に舐めるような口づけをされる。

激しい口づけは、そのまま性急なセックスの呼び水となった。

漣も千尋も互いの唇を貪るように吸いあげ、舌を絡ませる。ねっとりとしたキスをくり返しながら、千尋は自らの手で襦袢の襟を大きくくつろげた。

布で擦られ尖った乳首が現れ、漣の手が吸いよせられるようにそこに触れた。

「……ん……」

心地良い温かさに、千尋が首がのけぞらせ、甘い声を漏らした。

淫虫の助けなど借りなくても、千尋は漣の唇や手に、十分、快感を覚えていた。

舌が顎《あご》を這《は》い、首筋を伝った。濡れた肉に撫でられた肌がざわめき、熱を帯びてゆく。

そして、千尋の胸の突起に漣の唇が辿り着いた。

「あっ。……ん……」

乳輪を吸いあげられ、小さな粒を舐められ、千尋は腰をくねらせた。

乳首を愛撫されると、今までよりずっと強い快感が生じ、闇の中、密《ひそ》やかに股間が息づきはじめる。

「漣、漣……。いいよ、すごく」

掠《かす》れた声で囁くと、千尋は漣の背中に手を伸ばす。うっすらと汗ばんだ肌が手のひらに吸いつくようであった。

しなやかな、ほんの少しだけこどもの甘さを残した肉体に、心の底から愛しさを覚える。

かわいいなぁ……。俺より体は大きいけど、年下なんだし。デリケートでナイーブで、守ってやらなきゃって気分になるなぁ。

守りたい、と思った瞬間、千尋の頭の中に奇妙な光景が浮かんだ。

未《いま》だ燃え続ける鶴来邸、その庭に集まる男たち。

森の中に潜む照と凪。照の体には新たな傷が増えていた。

そして、ヘリポートと鶴来邸の間をふたり一組となって、山狩りをする男たちの姿が。

一瞬パニックになりかけたが、それは意識を集中して照のようすを見た時と同じ感覚だった。

なにこれ……。俺、また知らないうちになにか見ちゃってるんだ……。

奔流のように流れ込む映像。溺《おぼ》れそうになった千尋を現実につなぎとめたのは、漣の存在だった。

胸元から移動した唇が、わき腹を吸いあげた。その瞬間、強い快感が生じたのだ。

まるで、雷に打たれたかのように強い快感だった。

「あっ、漣、そこ……」

「気持ちいいですか？　先輩のここに、気が集まってるんです」

漣が右わき腹、臍《へそ》の真横辺りを吸いあげると、千尋の背筋がのけぞった。

「凪から、セックスの時に気の集まる場所は性感帯だと聞いたことがあって」

「そうなんだ。そこ、すごく気持ちいいよ」

潤いを帯びた千尋の声に、漣が丹念にそこを上下に舐める。

ひと舐めされるごとに、性器でもない場所に、どうしてこんなに、というほどの快楽が訪れる。

瞬く間に股間に熱が集まり、千尋の茎がそそり立つ。

「漣。あぁ、漣……。んっ……んん……」

千尋が無意識に己の股間に手をやった。下着は身につけていなかったので、襦袢の隙間に手を入れれば、勃起《ぼっき》した分身に指が触れる。

充血して赤らんだそこが、性感帯を舐められるたびにビクビクと震えている。

自分で見ても、いやらしい光景だった。

そして、それを見た漣も同じように感じたらしく、右手をまっすぐソレに伸ばした。

「！　ん……っ」

軽く握るだけのつたない愛撫であったが、千尋の先端で透明の液体が雫《しずく》を結ぶ。

「漣、漣」

あえぎながら名を呼ぶと、熱い手が移動して先端を覆った。

「ん……っ！」

敏感になった先端に触れられて、いっそう股間に血液が集まる。

漣の奴、自信なさげな顔をしていたくせに、ずいぶん上手いじゃないか……。畜生！

予想外に翻弄《ほんろう》されて、千尋が心の中で喜びの悲鳴をあげる。

わき腹を舐めていた漣の頭が、次第に下へと移動してゆく。千尋の太腿を持ちあげるように押し開くと、すぼまりに口づけてきた。

「わっ。そ、そこ、舐める……の？」

「馴《な》らすのに、ローションがないんです。唾液《だえき》で代用するしかないでしょう？」

「そうか、わかった」

とは答えたものの、千尋は恥ずかしくてしょうがなかった。

漣は、嫌じゃないんだろうか。汚いって思ってるんじゃないかなぁ……。

不安が千尋の心をよぎる。しかし、漣の愛撫は、今までとかわらぬ熱心さでなされ、それは杞憂《きゆう》に過ぎないとすぐにわかった。

本当に、漣は……俺のこと、好きなんだな……。

愛しいと、言葉以上に伝える愛撫に千尋の心が震えた。そして、漣に与えられる秘所への刺激に素直に感じるようになってゆく。

そんな時だった。漣が顔をあげ、甘く掠れた声で告げる。

「先輩のここにも、気が集まってますよ」

そう言うと、漣が舌先で襞《ひだ》をつつく。

「あっ。や……そんな……っ」

わき腹の性感帯よりも強く感じて千尋が腰を捩《よじ》る。漣の言葉もあり、そこで感じるとわかっただけで、千尋は堪らなくなってしまう。

舐められるたびに襞がわななく。十分に潤ったそこに指が挿《い》れられると、その刺激だけで硬く張りつめた陰茎が爆発しそうになった。

「漣……漣……っ」

指が抜かれて、今度は二本に増やされた。入り口が押し広げられ、背筋に寒気が走った。

千尋の目尻《めじり》を涙が伝う。

「あ……あぁ……」

指だけでこうなのに、漣の分身を受け入れたらどうなってしまうのか。恐れにも似た期待が、千尋の心に忍びよる。

きっと、もっと気持ちいい。ずっと感じる。何度だっていけるくらい。

無意識に舌で唇を舐めると、千尋の股間がざわめいた。襞の内側で漣の指がうごめいて、その瞬間、昂《たか》ぶりが最高潮に達し、先端から白い液体が吐き出される。

「うっ、んっ、……ん……っ」

腕に絡んだたもとを握りしめつつ、千尋は射精し続けた。

すべて出し終えて、体から力が抜ける。

細く長く息を吐き、千尋は真剣な顔をした漣の髪に手を伸ばした。艶やかな髪に指を絡ませ「大好きだよ」と囁きかける。

「先輩……」

「こっちはこれくらいでいいよ。今度は、俺が漣にする番」

漣の背中に腕を回して体を起こすと、千尋はすっかり膨らんだ漣の股間に手をやった。ベルトを外し、ジッパーをおろして、下着の割れ目からそれを取り出す。

千尋の手の中で漣の陰茎は弾んで、たちまち硬さと角度を増した。

「こんなになるまで放っておいて、つらくなかった？」

「…………」

千尋の同情とからかいを含んだ問いに、漣は答えなかった。唇を噛みながら、気まずそうに視線を逸《そ》らすだけだ。

「かわいいよ、漣。俺を気持ち良くする方を優先してくれたんだよね。そういうところも、大好きだ」

目の前の唇に軽く触れるだけのキスをすると、千尋は前髪を掻きあげて漣の股間に顔をよせた。

両手で竿《さお》を支えて、まずは先端にキスをする。充血してすっかり大きくなったそれを、千尋が一息に口に含んだ。

もっと時間があれば、じっくりかわいがってあげるんだけど。

裏の筋も袋も、撫でてしゃぶってあますところなくキスをする。けれども、千尋の脳裏には、まるで警告するように、ふたりを探すたいまつの灯《あか》りが見えていた。

俺たちがやり終えるのと、見つかるのと、どっちが先だろう……。

いや、見つかってもまだ大丈夫。邦彦さえ現れなければ。

そう千尋が考えた途端、邦彦の姿が見えた。邦彦は男たちを従えて鶴来邸の庭にいた。一行の中には、先導役として、あの、千尋を最初に捕らえようとした加賀見一族の女の姿もあった。

吊りあがった目に鬼気迫る形相。女は未だ千尋の姿を捉えられないと邦彦に訴えている。良かった。まだ大丈夫だ。ここに俺たちがいることに、奴らは気づいていない。

「先輩、どうしました?」

顔をあげると、快感に蕩けた瞳をした漣と視線が合った。

「ううん、なんでもない。もっとゆっくり漣をかわいがりたかったなぁって思って。せっかく、両思いになって、初めてのセックスなんだしさ」

ことさら明るい声を出し、千尋は漣の先端を吸いあげた。今は、そんなことよりこっちの方が重大事だった。

焦《じ》らすように下から上へ肉棒を舐めると、手の中でそれが大きくなった。そそり立ち、そり返った肉が愛おしい。

千尋は継ぎ目に舌を這わせて先端を手のひらでこねくるように愛撫した。

舌に塩の味を感じて、漣の準備が整ってきたことを知った。

もうそろそろ、……かな? もう少し待った方がいいのかな?

舌で裏筋を舐めあげながら漣のようすをうかがう。

これを、もうじき、自分のそこに入れるのだと思うと、純粋に早く欲しいという欲求が高まってくる。

変なの。こんな時なのに。それとも、こんな時だからなんだろうか？

「ねぇ……そろそろ、挿れてくれる？」

後孔にむず痒《がゆ》さに似た興奮を覚えつつ、千尋が漣に尋ねる。

「早く漣が欲しいって、俺のここが……変になってるんだ」

あからさまな誘いの言葉を口にすると、手の中で漣の陰茎が弾んだ。

無言で漣が千尋を押し倒し、左脚を肩にのせた。

後孔を指で押し広げると、切っ先をそこに押し当てる。

漣の呼吸が荒い。そして、襞に熱を感じて千尋の呼吸も乱れた。

ゆっくりと中に侵入する先端を、わななきながら粘膜が受け入れる。

本来、挿入に伴うはずの違和感は、ほとんど感じない。

それどころか、一度は治まった股間の昂ぶりがまた蘇る。

「あ……ん……」

首をのけぞらせながら、千尋が下肢に訪れた甘美な感覚を味わう。

やっぱり……指なんかより、ずっといいんだ……。

熱くて太くて硬い肉を、千尋はすぼまりとそれに続く内壁で強く感じる。

前回のセックスは、わけがわからない状態で受け入れたため、意識して感じる漣が新鮮だった。

「こんな感じだったんだ……」

うっとりした目で千尋は漣を、愛しい人を見つめる。

「漣をちゃんと感じられる。……すごく嬉しい」

手を伸ばし、漣の腕を撫でる。愛しさをこめて。

「先輩……」

「そんな堅っくるしい呼び方はやめろよ。千尋でいいから」

「千尋、ですか？」

「そう。……好きな人には名前で呼んでほしい。漣も、俺に、漣って呼ばれて嬉しかっただろ？」

千尋の言葉に漣が恥ずかしげにうなずいた。

あてずっぽうで言ったんだけど……。そうだったのか。無表情だからわかりにくかったけど、そうか、漣も嬉しかったんだ。

それがどうにも嬉しくて、千尋は花のような笑顔を浮かべた。笑顔に誘われるように、漣が千尋に覆い被さり、口づける。そして、腰を動かしはじめた。

「ん……ん……っ、んっ」

ゆっくりした動きだが、入り口を擦られて千尋の下腹部が熱くなってゆく。おまけにキスもされているのだ。興奮しないはずがない。

あえぎ声をあげながら、千尋が股《また》を開いて漣の首に腕を回した。

好き、大好き。

心の中でつぶやきながら、邦彦たちに追われている、その事実を頭からふり払うように漣の濡れた唇にむしゃぶりつく。

舐めて吸って唇で挟むと、千尋の中の漣が大きくなった。

硬さと熱を増した楔《くさび》に、ご褒美を与えるように、漣の舌に舌を絡める。

甘く痺れて、心が震える。下肢に与えられる快感とあいまって、千尋の目にうっすらと涙が浮かんだ。

「あぁ……漣、漣」

名前を呼んだ途端、漣の先端が性感帯をえぐった。

男であれば誰でも持っている、前立腺《ぜんりつせん》を。

「――っ！」

突然訪れた強い快感に、千尋の背中がしなった。頭ものけぞり、その拍子に目尻を快楽の涙が伝う。

「漣、漣、すごい。……そこ、すごく気持ちいい。……あっ！」

感極まった千尋の訴えに、漣が探るように腰を動かした。二度三度と試して、その場所に突き立てることに成功する。

「ここでいいか？　せ……千尋？」

「そう、そこ。んっ、んっ、すごい、もっと……あぁ……もっと、そこ……っ」

布団に頭を押しつけながら、千尋が我を忘れて快感をねだる。

生来の美貌に潤んだ瞳、あられもなく快楽を口にする姿は、淫《みだ》ら以外の何物でもない。

そして、淫靡《いんび》な千尋の美しさに呑まれたか、漣のぬきさしがいっそう激しさを増す。

襞が擦られ、性感帯を突かれ、下腹部へ流れる血液は最高潮に達する。

一度は萎えた千尋の茎が、再び勃《た》ちあがり、腹部に触れるまでに育っていた。

「漣……。あ……もう……」

肌が粟立《あわだ》ち、千尋の足の指がそり返った。貫かれるごとに腰が震え、電流に似た快感が走り、それ以外なにも考えられなくなる。

濡れた先端は、これ以上ないというくらい赤く張りつめている。半開きになり、あえぎ声を漏らす唇に、漣が顔を近づけた。

「――っ！」

柔らかな唇が触れた時、千尋は二度目の射精に至った。

唇を漣に犯されつつ、千尋は腰を前に突き出して、精を吐き続ける。

「んっ。んん……」

絶頂に達しながら、それでも唇を貪る千尋に、深く激しく漣が楔を穿《うが》った。

その瞬間、激しい痛みが下肢を襲った。漣が、千尋から力を抜いているのだ。

淫虫の助けもなく力を抜かれ、千尋の体が強張った。

痛みのあまり、叫びそうになる。しかし、千尋は痛みに耐え、悲鳴を押し殺した。

痛い！　だけど、でも、我慢だ。我慢するんだ。

「遠慮……すんなよ」

荒く呼吸しながら、千尋が涙目で漣に命じる。

とまどいを隠せない瞳が千尋を見返した。

「千尋……」

「どうせなら、思い切りやれ。一度ですむように。俺の全部を持っていけ。邦彦と戦った時に力不足を嘆かないように、宝剣に選ばれるに足りるくらい」

おそらく、もう二度と漣は千尋から力を受け取ろうとしないだろう。だからこれは、漣に力をあげられる最初で最後の機会だと千尋は思っていた。

どうせだったら、俺の力ってヤツすべて、おまえにやるよ。力だけじゃなくて、俺のこの気持ちもいっしょに。俺の身も心も全部、おまえのものなんだから。

痛みに意識を失いそうになりながらも、千尋は、自分の体から放たれる金色の光が結合部だけでなく、漣の後頭部や口、喉、下腹部などへ吸い込まれてゆく光景を見た。

膨大な力を与えて千尋もつらいが、自分の器を超えた大量の力を受け入れる漣もまた、つらそうだった。

男らしく秀麗な顔が歪み、脂汗が滲《にじ》んでいた。歯を食いしばりながら、それでも漣は力を受け入れていた。

苦痛に耐える漣を、千尋は愛おしい、と思った。

自分自身も痛みに耐えつつ、震える手を伸ばし、漣の手を握った。

「頑張れ」

「千尋……っ」

ふたつの手がつながると、力の流れもひときわ勢いを増した。

「――っ!!」

痛みが増し、千尋の爪が漣の甲に食い込む。

もう駄目だ。もう、我慢できない。

千尋の意識が途切れそうになった時、力の流出も止まった。

千尋の体を厚く取り巻いていた金色の光はほとんど残っておらず、かすかに皮膚を覆うばかりだ。

「これ以上やったら……千尋が死んでしまう」

「じゃあ……全部、吸ったんだ。……ありがとう。ごめん、嫌なことをさせて」

痛みは和らいだが、体には痺れとだるさが残っている。

ゆっくりと強張った指を動かしながら、千尋は浅い呼吸をくり返した。

「嫌じゃない。それが千尋の望みだったし……。好きな人の望みをかなえられて、俺はすごく嬉しかった」

「漣……。おまえって……本当にかわいいこと言うよなぁ」

自分より体こそ大きいが、素直で健気《けなげ》な年下の恋人に、千尋はなんともいえない庇護《ひご》欲を感じてしまう。

愛しいっていうのは、たぶん、こういう感情のことをいうんだな……。めいっぱい甘やかして抱き締めてやりたくなっちゃうよ。

胸に漣への愛情が充《み》ち溢れ、千尋は握っていた漣の手に口づけた。

その時、千尋の脳裏に村を進むたいまつの列が見えた。先頭は加賀見の女だ。女の顔は歓喜に輝き、千尋を見つけたとその表情が雄弁に物語っている。

「漣、加賀見の女が俺たちを見つけたみたいだ。邦彦を連れて、こっちに向かってる」

「なんだって⁉」

「その光景が、見えた。早く海に行こう。そして、この島から逃げ出すんだ」

「わかった」

漣が腰を引いた。漣の陰茎が秘部から抜けてゆき、甘酸っぱい欲望の名残が下腹部を疼《うず》かせる。

漣は千尋の着物で先端を拭《ぬぐ》うと、下着の中に性器をしまった。千尋もまた気力をふり絞って起きあがり、やはり着物で股間を拭い、申し訳程度に身を清める。

乱れた襦袢を整えるのもそこそこに、宝剣の入った錦の袋を手にした漣にまなざしを向ける。

力を吸われ、極端に体力の落ちた状態ゆえか、今、千尋の見る力が完全に解き放たれていた。

意識を集中しなくとも漣の身にまとう気が見えたし、影に隠れた眷族の存在もはっきりと感じ取れた。

そして、この家に迫る邦彦たちの姿も。

漣の家を後にすると、手を取りあって、ふたりは海に向かった。

潮の匂《にお》いが鼻をつき、波の音がどんどん大きくなってゆく。

早く、早く海へ。そしてここから逃げ出さないと。邦彦に捕まる前に。

そう思うと気ばかりが急くが、意に反して千尋の足どりは重かった。

歩き通しての疲労に、慣れない同性とのセックスによる腰の痛み、そしてなにより気が足りなくて、体に力が入らない。

漣に手を引かれているから、なんとか歩いていたものの、ともすると足がもつれ、その場に崩れ落ちそうになる。

その間も、千尋の頭の中では、的確に近づく一行が見えている。亀のようにゆっくりとしたふたりの歩みでは、一行との距離は、悲しいかな、みるみるうちに縮まっている。

「もうすぐ……くる。このままだとあと五分もしないうちに追いつかれると思う」

「港までもう少しだ。頑張ろう」

励ましの言葉を聴きながら、千尋は漣が手にした宝剣を見た。錦の袋に入ったままのそれは、布越しでもわかるほどの力を放っていた。

そこに秘められた力の正体はわからないながらも、千尋は心強く思う。

大丈夫、俺たちは絶対、生きてここから逃げられる、と。


港に辿り着く頃には、うっすらと空が白みかけていた。

太陽はまだ昇ってはいないが、十分に明るく、ふり返ればこちらにやってくる邦彦たちが見えた。

それだけではない。目にも留まらぬ速さで、なにかがふたりに近づいてくる。

「漣、後ろ！」

「わかってる。……っ‼」

答えた漣の足が止まった。宝剣を握った左腕のシャツにぽつりと赤い染みが浮かびあったかと思うと、みるみるうちに大きく広がった。

シャツに異常はないのに、漣は手傷を負っていた。

信じられない光景に千尋の口から悲鳴があがる。

「漣、腕が……」

「あいつらの誰かが、眷属を使って攻撃をしかけてきたんだ。港に着いて油断したな……」

「手当てしないと！」

「いらない。時間が惜しい」

そう答える間にも、溢れた血が腕を伝い、宝剣の入った袋を濡らしている。いったい、どれほど深い傷を負ったのか。千尋の心臓が素手でつかまれたように痛んだ。

「漣……ごめんね、漣……」

凪のように治癒の術が使えたら。そう心から思うが、やり方はかいもく見当もつかない。

千尋の中に流れる血は、心の底から望んでも、治癒の方法を教えてくれなかった。

手傷を負いながらも漣は、影の中から眷属を呼び出した。

「あっ……」

漣が力を増したことで、眷属もまた力を得たことはわかっていた。

それでも、姿を現した眷属は千尋が驚嘆するほど成長していた。おまけに体の色も藍色から極上のサファイアのようなブルーに変化していた。

同時に、小さな一戸建てほどに成長した漣の眷属の姿に、ふたりを追う一行の中からも驚きの声があった。

「こんなに……一度に大きくなっちゃうんだ……」

「あぁ。だからみんなが先輩を欲しがる。眷属の大きさは、術者の能力と比例する。大きいものを小さく装わせることはできても、小さいものを大きくすることは、決してできないんだ」

そう説明すると漣は眷属に「守れ」と命じた。巨大な蛇はふたりの周りを囲むように輪を作った。

再び歩みはじめたふたりの背中に、邦彦が「止まれ」と大声で呼びかけた。もちろんふたりとも、その言葉を無視する。

とうとう桟橋に辿り着き、漣が手近な船に乗り込もうとした。

「止まれと言ってるだろう！　照がどうなってもいいのか⁉」

邦彦の声が朝靄の中に響き、さすがにふたりが動きを止めた。

「照を、どうかしたのか？」

漣が船に手をかけたまま、ゆっくりとふり返り、うめくような声で尋ねた。

「森で隠れていたのを捕まえた。荒木の小僧もいっしょだ。今、車でこっちに運んでいる最中だよ」

「嘘をつくな！」

「嘘じゃないさ。スマホで確認してみたらどうだ？　そうでなきゃ、その万華鏡が見ればいいさ」

「……千尋」

「漣、俺も、試してみるよ」

漣がスマホを手にした。千尋は照に意識を集中した。途端に、自動車の後部座席に座る照と凪が見えた。

照はボロ雑巾《ぞうきん》のように汚れて血まみれだった。凪に目立った怪我はなかったものの、両腕を後ろ手に縛められている。おまけに、整った顔の左頬に青あざが浮かび、口の端が切れていた。

そして、車の助手席に座った男が凪のスマホを耳に当てていた。

「照さん……凪さん……」

千尋の顔から血の気が引いた。スマホに耳をそばだてる漣を千尋が見やる。

「どうしておまえが凪のスマホに出るんだ。凪はどうした⁉」

漣が怒声をあげ、憎しみを込めたまなざしで邦彦を見やった。

ふたりが照たちにコンタクトを取っている間に、一行は桟橋のすぐ近くにきていた。

「近よるな！」

千尋を背中で庇うと、漣が一行に向かって大声をあげた。ふたりを守る眷属もそれに呼応するように、鎌首をもたげ、臨戦態勢に入る。

一行は眷属の剣幕に気圧されたように足を止める。ただ、邦彦をのぞいては。

邦彦はつまらなそうに漣の眷属を見やったかと思うと、皮肉な笑みを浮かべた。

「おやまぁ、小僧は万華鏡に力をもらっていきがってやがる。俺たちをひっぱり回している間にお楽しみとはねぇ、ずいぶんと余裕じゃないか」

「うるさい！」

「俺に偉そうな口を利くな半端者！」

漣の叫びに邦彦が怒鳴り返す。そして、邦彦は襦袢姿の千尋に視線を向けた。

下卑たまなざしが、無遠慮に千尋の体に注がれる。

乱れた襦袢の裾からのぞく太腿や露わになった鎖骨、髪の張りついた首筋に、粘りつくような視線を感じ、千尋は身を守るように両腕で己の体を抱き締めた。

「一回でこれだけの力を得られるとは、さすが加賀見本家の万華鏡だな。ますます手に入れたくなったぜ。だが、俺に比べればまだまだだな。……見せてやろうか、俺の眷属を。その真実の姿を」

勝ち誇った目をして、邦彦が酷薄な笑みを浮かべた。途端に、千尋の視界が暗くなる。

夜が明ける時間となったのに、まるで夜に時間が逆戻りしてしまったようだ。

漣もまた異変に気づいて目を瞠《みは》った。

「どこだ……。どこにおまえの眷属はいるんだ？」

焦ったように漣がわめいた。周囲は薄闇に覆われたが、眷属は姿を現していない。

邦彦の眷属の姿を探して首をめぐらした千尋の目に、ぽかんと口をあけた追手の一団が映った。彼らはいちように呆《ほう》けた顔で千尋たちの頭上を見ていた。

「上……？」

千尋は悪い予感に襲われつつ、空を仰いだ。海上に、まるで小山のように大きな、真っ黒い大蛇が浮かんでいた。

天を覆う巨大な蛇が出現し、千尋も驚愕《きょうがく》した。

千尋の異変に気づいた漣も空を見あげ、桁外《けたはず》れの眷属に絶句する。

邦彦の眷属の前では、漣の眷属など小蛇のようにしか見えない。海の守護者を自認するのもうなずける迫力だった。

蛇は口を開けていて、そこから真っ黒な雲が流れていた。薄墨をはいたような雨雲が空を埋めており、急に暗くなったのはこのせいであった。

大蛇が身をくねらすたびに強い風が吹き、海面がうねり、桟橋に当たった波が作る飛沫《しぶき》が千尋の体を濡らす。

天候すらも操る強大な力。同時に嫌悪すら覚える禍々《まがまが》しさに、千尋の体が怒りと恐怖で震え出す。

「なんなんだよ、この化け物は！」

「おい、これは神だぜ。そんな失礼なことを言うもんじゃない。神に逆らうとどうなるか、思い知らせてやろうか？」

千尋の暴言に邦彦が歪んだ笑みを浮かべると、「やれ」と眷属に命令した。

邦彦の眷属がその身から十分の一サイズの分身を産み出した。そして分身が、漣の眷属に襲いかかる。

ごう、と海鳴りの音がしたかと思うと、次の瞬間、漣の眷属は海に叩き落とされていた。

すかさず黒い大蛇が漣の眷属に襲いかかって胴体の一部を喰《く》い千切った。

優しい蛇が、血を流しながら痛みにのたうち回る。

「これに懲りたら二度と逆らうんじゃない。おまえが逆らえば小僧の眷属が痛い目に遭う。眷属と術者はつながっているから、小僧が痛い目に遭うんだぞ」

「……本当なの、漣？」

「あぁ」

邦彦の言葉を確認すると、青ざめた顔で漣がうなずいた。その首筋の皮膚は破れ、真っ赤な肉が見え、そこから血が溢れていた。

助からないという絶望に襲われながら、千尋は漣の背中にすがりついた。

その拍子に、漣が手にした宝剣の袋に触れた。

宝剣から強い怒りが伝わり、千尋が導かれるように手を伸ばす。

「千尋……？」

絶望に染まった瞳で漣が千尋に声をかける。呪術に長《た》けた漣は邦彦と自分の力量差を感じて、すっかり圧倒されていた。

「諦めちゃ駄目だ、漣」

励ましながら宝剣の入った袋を握ると、なぜか、一度は萎えた気力が戻ってくるような気がした。

布越しに宝剣の怒りを感じる。「あれは偽者だ」と咆哮し、「ここから出せ」とわめきたてる。声なき声に命じられ、千尋が袋の紐に指をかけた。

「なにをする気だ、万華鏡？　見ることしかできないおまえが宝剣をどうするつもりだ？」

「さぁね。それを今から確かめるところだよ」

焦りでもつれそうになる指を操って千尋は袋の口をほどいた。漣の血で濡れた袋を海に投げ捨て、鞘《さや》から剣を抜き出す。

「あぁ……っ」

姿を現した宝剣に、千尋は一瞬、心を奪われた。

日本刀に比べると長さは短いが、幅広の刀身は金色に輝き、ぎっしり渦巻く雲と龍の文様が刻まれている。

刀身にも柄《つか》にも漣の血が滲んでいたが、それでも美しさは損なわれておらず、いっそうその輝きを増しているようにさえ見えた。

宝剣を見つめる千尋に、まばゆい光とともに何者かの強い意志が流れ込んでくる。

「なんだ？　なにか、俺の中に入って……あ、あぁっ……！」

いぶかしむ間もなく、千尋の意識は奔流のような光にさらわれてしまう。

光はそのまま情報であった。この宝剣を作った者の願い、かつての遣い手たちの記憶、宝剣自身が持つ力、そして選ばれるための資質や制御するのに要する力、同時にこの場にいる者の記憶までもが流れてくる。

剣の柄を握り締めたまま千尋は桟橋に膝をついた。

この剣はそういう力を持っていた。持つ者の力を純粋に増幅する。力なき者が手にすると、このように突然倍増した自らの力に呑まれてしまう。

……この時点で、俺に宝剣を持つ資格はないってことだな。

いつの間にか宝剣の力に魅了されていた自分を、淡い失望を交えながら千尋は内心で笑い飛ばした。

「大丈夫か、千尋？」

二箇所に手傷を負いながらも、漣が千尋を気遣い、その身を助け起こした。

「俺は大丈夫。それより、この剣を……」

「これを？」

「漣が持ってみて。きっと漣なら宝剣に選ばれる。いつもの漣でさえいれば、絶対に大丈夫だから」

一瞬、臆した顔をする漣に千尋は剣をさし出した。

漣ならばこの剣に呑まれないだけの力がある。問題は倍増した力を「なに」に使うかだ。その力の使い方を、この剣は遣い手に問う。正しい答えを出さなければ、剣から遣い手と認めてもらえない。

答えはとてもありふれていたが、突然、強大な力を手にした者に限れば、見失いがちな答えでもあった。

そして、その答えを告げることは、千尋には禁じられていた。教えようとすると、首を絞められたような圧迫感を覚える。それは、剣からの警告なのだ。

漣が、その答えをちゃんと見つけられますように。

そう祈りながら、千尋は恐る恐る宝剣に手を伸ばす漣に、真剣なまなざしを注いだ。

「うっ！」

剣の柄を握った瞬間、漣の力がいっきに倍増するのが千尋には見えた。

千尋の力を取り入れた漣のオーラは、以前より透明度を増していた。宝剣の助けを得て、漣の体から極上のサファイアのような青がいっきに溢れ出す。

「ほお、小僧、やるな。……だが、問題はそれからだ」

かつて、遣い手にふさわしいか試され、剣を手にした邦彦が、見くだしたような口ぶりで言った。漣は絶対に選ばれない、そう頭から決めつけている。

「漣、あんな言葉、真に受けるな」

千尋が励ましの声をかける。

自分が得た力に驚き、立ちつくす漣の肩に千尋が手を置いた。

「あっ……！」

触れた瞬間、漣が心の中で宝剣と交す会話が千尋に伝わってきた。その場にいるかのような臨場感は、かつて夢の中に入ってしまった時と、とてもよく似ていた。

漣の気に包まれながら、千尋は息を殺し、会話に意識を集中させる。

心の中で、漣は急激に力を増した自分自身にとまどっていた。剣の柄を握りしめ、はちきれんばかりに膨れあがった力を、懸命に抑えている。

『……力が……力がこんなに……』

『それがおまえの欲しかったものだろう？』

まばゆい光が、厳かな声で漣に尋ねる。神々しい光は人智を超えた絶対者として、漣に対峙《たいじ》した。畏怖《いふ》に打たれたのか、漣は光の言葉に、年相応の素直さで答える。

『そうです。俺はずっと力が欲しかった……。この村でさげすまれないために、母を守るために』

『ではこの力を得て、どう使う？』

『どう……使う？　力があれば馬鹿にされないとだけ思っていた。そういえば、具体的にどう使うかまで考えたことはなかったな……』

『今の力があれば、おまえを馬鹿にした者たちに復讐できるぞ。あの、黒い蛇さえも一瞬で粉々にすることができる』

『邦彦を？』

誘いの言葉に漣の瞳が妖《あや》しく光った。透明な光がみるみるうちに黒ずみ濁ってゆく。

その光景に千尋は「違う！」と叫んでいた。しかし、その声は宝剣により遮られ、漣の耳には届かない。

邪《よこしま》な考えは気を黒く染めるのだ。それが真っ黒にかわった時、選びの時も終わる。

漣は宝剣を手にする機会を失い、千尋は邦彦にさらわれてしまうのだ。

そして、そのことを知らない漣の気は、どんどん黒く濁っていった。

『俺は、邦彦を倒すために力を使う』

きっぱりと言い切る漣に、千尋は絶望のうめき声をあげた。

そうじゃない。それじゃ駄目だ。そういう考えの人間に、神は味方しない。その力を与えないんだ。

この宝剣の最初の遣い手は、大昔、他族との戦に敗れ、この地に逃げてきた者だった。敗れた原因は族長が自らの力を頼みにし、驕《おご》り昂ぶって孤立し、内訌《ないこう》と裏切りが出たためだ。

族長を失い、国を失い、遺された民を束ねた男は、この島の神に願った。「守るための力が欲しい」と。

力を得ても他者を侮ることなく、みなを守るために使うと誓った男を憐《あわ》れみ、この島の神はこの剣にその魂の一部を分け与えたのだ。

だから、この剣の遣い手に選ばれるためには、初代の男の遺志を継ぐ者でなければならない。それが、神との契約だった。

もう……駄目だ……。

いよいよ最後のチャンスも失い、千尋の頬を涙が伝う。

しかし、漣の気はまだ完全に黒く染まってはいなかった。

『邦彦を倒して、千尋と凪を救い出す。それに照と族長も。四人を守れれば、もう力は要らない。千尋からもらった力があれば、十分だ』

そう言った漣は、千尋が今まで見たことがないような、晴れやかな表情をしていた。

千尋は神の出方をうかがった。

この答えはどう判断されるのか。初代の遣い手の願いと重なっているが、まったく同じではない。

千尋は固唾《かたず》を呑んで成り行きを見守った。

漣の答えに、光が笑ったような気がした。

『……その願い、かなえよう。一度だけ、私の力を使うがいい。そなたの大切な者を守るために』

一度きりという条件つきだが、漣は、宝剣の遣い手に選ばれたのだ。

その瞬間、足元から突風が舞いあがった。いや、突風ではない。宝剣から噴出した神気の勢いがあまりにも凄《すさ》まじく、千尋にはつむじ風のように感じられたのだ。

清らかな光はまっすぐに苦しみのたうつ漣の眷属に向かい、その身を覆った。

「……いったいこれは……？」

夢から醒めたような顔をして漣が空を見あげる。

神気と漣の眷属が混ざり、金と青の渦ができる。それは、すぐに黄金の龍へと姿を転じた。

「あぁっ」

「なんだ、あれは!?」

「神だ……。神が現れたのだ……」

「そんな馬鹿な!!」

「馬鹿な、なんで小僧が選ばれた!?」

その場にいたすべての者が、突如姿を現した龍に驚きの声をあげた。

千尋もまた、予想外の展開に呆けた顔で空を見あげていた。

なんて美しい……!

龍の放つ気は、どこまでも繊細で細やかだ。しかし同時に、直視することさえはばかられるような威厳を感じた。

荒々しく、厳しく、そして深い受容——慈悲か——のエネルギーの塊であった。

人間では決してありえない、力のありようだ。

「これが、神気か……」

厳かな気に打たれながら、千尋がつぶやく。

黄金の龍が顕現すると、漣が剣を手に、ゆっくりと邦彦の眷属に向き直る。

宝剣の遣い手となった漣の全身もまた、神気に包まれていた。

神気は、人の形をしていた。千尋はそれが男――初代の遣い手だ――と、直観した。

男の面差しは漣を思わせたが、それ以上に、凪に似ていた。

漣の眷属が神気と混ざり、黄金の龍へと変化したように、漣もまた、初代の遣い手の魂――遺志――と重なり、ひとつとなったのだ。

まるで別人のように厳かな表情と佇《たたず》まいで、漣が剣を頭上にあげ、そして、垂直にふりおろした。

「行け」

漣の声がすると同時に、龍が光の矢となって飛翔する。

稲妻が走り、雷鳴が轟《とどろ》いたかと思うと、黒蛇は龍に体を縦に真っぷたつに切り裂かれていた。同時に、邦彦が、血しぶきをあげてその場に昏倒《こんとう》する。

ふたつ身となった黒蛇は、まっさかさまに海へ墜落すると、ゆっくりと泥が水に溶けるように消えていった。

天候すら操る大蛇だったが、まるで歯がたたなかった。

拍子抜けするほどあっけなく、神を標榜《ひょうぼう》した偽物は、本物によって駆逐されたのだった。

やった。……やったぞ。

「俺たち、助かったんだ！」

歓喜の声をあげて千尋は漣に抱きついた。

浜辺にいた邦彦以外の族人や加賀見の女は、一連の出来事に身動きさえできず、地に倒れた邦彦と千尋たちを交互に見ていた。

「やりやがったな、小僧……」

全身血まみれになりながら、邦彦がふたりに声をかける。

邦彦は頭のてっぺんから股の間まで一直線に裂傷が走っていた。流れる血のおびただしさからして、明らかに瀕死《ひんし》の状態であった。

「漣……」

酸鼻な姿の邦彦に、千尋は漣の背中に回した腕を解いた。そうして、ゆっくりと邦彦に近づいてゆく。

「千尋？　どうするつもりだ」

「最後に、この人に……言いたいことがあるんだ」

心配そうに声をかける漣に、大丈夫、というふうにうなずいてみせると、千尋は邦彦のもとにひざまずいた。

「恨み言か？　それともこんなザマになった俺を笑いにきたか？」

「まさか。そんなことをしたら、あなたは悪霊になって祟るだろう？　そうじゃなくて……漣のお母さんのこと。あなたは、漣のお母さんを、心から愛してたんだね」

「！　……」

「まさか！　こいつはお母さんにさんざん酷いことをしたんだぞ!?」

千尋の言葉に、邦彦が息を飲み、漣が即座に否定した。

「違うよ、漣。この人は確かに漣のお母さんを愛していた。だからこの島に連れてきたんだよね。……万華鏡がみんなに共有されることを、知らなかったから。それで、照さんのお父さんに恋人だと紹介したら、その場でお母さんを実の兄に奪われたんだ」

言葉を紡ぎながら、千尋はゆっくりとまぶたを閉じた。さきほど、宝剣によって見せられた邦彦の記憶を思い出す。

邦彦はそれを、深い悲しみの記憶として胸に刻んでいた。

年月を経る間に、悲しみは怒りにかわり、そしてあの残虐な人格となったのだ。

最初からこの人はサディストだったわけじゃない。むしろ、本質は、激しいくらいに濃密な愛情の持ち主なんだ。

「淫虫を入れられて、照さんのお父さんに抱かれて悦《よろこ》ぶお母さんを見て、すごく傷ついて……それで憎むようになったんだよね。漣のお母さんも、照さんのお父さんも、お母さんを欲しがる族の人も。なにより、無力だった自分を、あなたは憎悪した。その後もずっとお母さんのことが好きだったのに、でも、自分以外の男に抱かれたお母さんを、あなたはどうしても許せなかった」

千尋は血に濡れた邦彦の手を取ると、離れた場所にいる漣を手招きした。

「お母さんを見るたび、自分の弱さをつきつけられるようで苦しかったんだよね。それでも、お母さんを好きだから、抱かずにはいられなかった。愛情が捩れて歪んで……。そのあげくに、あなたは漣のお母さんが亡くなったその日の晩、すべての不幸の原因だった照さんのお父さんを殺したんだ。お母さんの、弔いのために」

「ただの偶然だ」

それまで黙って千尋の話を聞いていた邦彦が、吐き捨てるように反論した。そんな邦彦を、千尋は悲しげな目で見やった。

「俺に嘘はつけないよ。今、こうして手を握っているだけで、あなたの考えていることは記憶も含めて、全部、わかってしまうから」

「加賀見の力か……」

「そう」

忌々しそうな声でつぶやく邦彦に、静かに千尋はうなずき返す。

「……それで俺が言いたかったのは、そこまでするくらいだったら、最初の晩、あなたはお母さんを連れてこの島から逃げれば良かったってことだよ。あなたに足りなかったのは、力じゃなくて、勇気だ。照さんのお父さんに抱かれたお母さんを、どうしても許せなかった心の弱さが、すべての原因だったんだよ」

「ガキのくせに、勝手なことを……」

最後の力をふり絞って、邦彦が千尋を睨みつける。握った手からは激しい怒りと、弱まり続ける命の鼓動が伝わってきた。

「でも、漣は許してくれたよ？　他の男に目の前で抱かれた俺を、かわらず好きでいてくれた。おまけに、ずっと優しくしてくれたんだ。……だから、宝剣は漣を遣い手に選んだ。力じゃない。心の強さで選ばれたんだよ」

その宝剣の力に破れた邦彦に、ここまで告げる残酷さに千尋の胸が痛んだ。

でも、俺は言わなくてはならない。このままでは、死んだ後まで、この魂が苦しむだろうから。

恨みを抱いて死んだ魂は悪霊となり、この地に長く祟るだろう。それを防ぐために、苦い真実を伝え、最後に祝福を与える役目を千尋は引き受けたのだ。

「だからね、次に生まれかわったら許してあげるといいよ。好きになった人が例え過ちを犯しても、黙って抱き締めてあげられれば、きっと、幸せになれるから」

「……そんなにうまく、いくもんか……」

最後に憎まれ口を叩くと、邦彦が口から血を吐き、目を閉じた。

じきに、命の火が消える。

そう悟った千尋は所在なげに佇む漣の手を取り、邦彦の手に無理やり重ねた。

「おい、千尋……」

「いいから、最後にお父さんの手を握ってあげて。そうしないと、いずれ後悔するよ?」

「こいつは俺の父親じゃない」

「ううん。お母さんは、この島にきた時には既に漣を身ごもっていた。だから、この人は確かに漣のお父さんなんだよ」

千尋の言葉に、邦彦の手に重なる漣の手にわずかだが力がこもった。そして、次の瞬間、邦彦の鼓動が止まった。

まるで、漣と最後に親子として触れあうのを、待っていたかのように。

「…………」

漣は涙も流さず、ただ困惑したように息絶えた父親を見ていた。

その間も、くり返し、波がよせては引いていた。そして、いつの間にか黒雲が散り、東の海と空の境界に、一条の光がさした。

夜が明けたのだ。

こうして、千尋と漣の、逃亡の夜が終わった。

そして、鶴来一族の深い闇もまた、終わりを告げたのだった。

それから一週間後。千尋と漣のふたりは鶴来一族の住む島を出て、都内某所の豪邸に身柄を移していた。

そこは、漣が十五の時から三年間、ガードの仕事をしていた壮年の代議士、柳原《やなはら》の屋敷だった。

突然転がり込んだふたりを、漣のかつての雇い主は快く受け入れてくれた。

もちろん、千尋の美貌も一役買っていたが、それ以上に漣がそれまで柳原との間に築いた信頼関係があったからだ。

「面倒なことに巻き込まれたんだって？　自分の家だと思ってゆっくりするといい」

「すみません。ご迷惑とは思いますが、よろしくお願いします」

恐縮して千尋が頭をさげると、柳原が手を伸ばしてきた。そうして、しっかり千尋の手を両手で握り、力強く握手を交わす。

肉厚の手は温かく、千尋は柳原に引き込まれるものを感じた。

短い顔あわせを終えると、柳原は秘書に促され、慌ただしく屋敷を出て行った。

柳原宅のお手伝いが、ふたりをかつて漣が寝起きしていたという客間に案内した。

その部屋は三階の角部屋で、南向きの大きな窓から明るい日の光がさし込んでいた。

部屋に入るとすぐに、千尋は「疲れた！」と言ってベッドにあおむけに倒れ込む。

「漣もこっちにおいでよ。ベッドがふかふかで気持ちいいよ」

笑いながら手招きすると、荷物を床に置いて漣がやってきた。ベッドに腰かけ、横たわった千尋の髪を相変わらず不器用な手つきで撫ではじめる。

「やっと、終わったね……」

「あぁ。邦彦が死んだ後も、いろいろやることがあったからな」

「うん。凪さんが一番大変だったろうね。……今頃、どうしてるかなぁ……」

遠く離れた日本海の小島で、嬉々《きき》として島民を治療する凪の姿を千尋は思い出していた。

邦彦が息をひきとった直後、入れかわるように凪たちを乗せた車が到着した。

神気をまとった金色の龍が睨みつけると、敵対していた男たちは恐れをなし、あっさり凪と照を解放した。

千尋は凪に連れられ、照とともに車で荒木の本家——凪の実家——に向かった。

力を抜かれて体力が削られていた千尋は、緊張の糸が解けたか荒木家に着くやいなや、気絶するように眠りについた。

その日の夜遅く、千尋が目覚めた頃には事態はすっかり沈静化していた。

「千尋ちゃんが寝ている間、漣はそりゃあもう大活躍だったよ」

新しい着物に着替えた千尋のもとにやってきた凪が、そう教えてくれた。

凪は自宅を病院がわりにして、不眠不休で傷ついた者の治癒をしていた。

顔には疲労の色がくっきり浮かんでいたが、それでも凪はいつもの陽気な声で千尋に話しかけてくる。

「最初に邦彦一派に捕まっていた族長を解放して、稔彦様の指示に従って加賀見の女に丁重にお帰りを願った。その後は、反抗する奴らを問答無用で取り押さえたり」

「そうですか……」

「あんなすごい神様を見せつけられたら、たいていの者は反抗する気もなくなって、すぐに投降したみたいだ。漣に文句を言ったら龍が睨みつけるっていうんだから、逆らえないよなぁ」

「あの、漣の怪我は……どうなってますか？　結構血が出ていたと思うんですが」

「それは俺が治したから大丈夫。とはいっても、軽くだから後で本格的に治療しなきゃいけないけどね。そうだ、その件で千尋ちゃんにお願いがあるんだ」

「俺にお願い？」

神妙な顔をした凪に、千尋が小首を傾げて問い返す。

「そう。知ってた？　万華鏡の力っていうのはね、セックス以外でも……触れているだけでも、もらおうと思えばもらえるんだよ」

「そうなんですか⁉」

「性交が一番効率がいいってだけ。それでね、ちょっとだけその力を分けてほしいんだ。千尋ちゃんがあげるって思えば、もっと力は俺に流れてくる。とはいえ、たいした量じゃない。能力があがるほどじゃなくて……ドリンク剤みたいなものかな？　さすがに怪我人が多すぎて、俺もすごく疲れてるんだ。だからといって、今は倒れるわけにもいかないし……」

凪は今回の騒動で怪我を負ったすべての族人を、敵味方関係なく治療する、と宣言していた。

治療の連続で目の下に隈《くま》を作った凪に頼まれて、断れる千尋ではない。

そうか。だから一晩中俺の治療をした翌朝、凪さんは俺を抱き枕にしたんだ。

あの時の凪の行動に、理由があったのだと納得する。

そうして千尋は、時には簡単な治療を手伝いながら、日中はずっと凪の側により添っていた。

数日が過ぎ、生者の治療と死者の弔いにひと段落つくと、漣が千尋を伴って族長のもとを訪れた。さし向かいで相対し、綺麗に洗い清めた宝剣をさし出すと、稔彦が怪訝そうな顔をした。

「……これは、おまえのものではないか？　宝剣の遣い手として選ばれたのだろう？」

「宝剣に宿る神は言いました。力を貸すのは一度きりだ、と。邦彦を倒して、千尋を守るのが俺の願い。……じきにこの力も失われるでしょう」

「……では、次代の族長になる話はどうする？　千尋殿がそなたを選んだのなら、おまえが族長になるのが筋だが」

「族長の座は照でも凪でも、それ以外の誰にでも、最もふさわしい人間に譲ります。ただ、千尋を俺の伴侶《はんりょ》にすることだけを、許してください」

漣が申し出ると、稔彦はあからさまに安堵の表情を浮かべた。強大な力を得たとはいえ、族人の間には漣に対する侮蔑《ぶべつ》や反感の意識が根強くある。

時間をかければその偏見もなくなるかもしれない。しかし、やはり半分里人の血を引く漣が族長となれば、いずれ争いの種となるのは明らかだった。

「それは、おまえの本心か？」

「はい。……俺は千尋を連れてこの島から出られれば、そしてたまに母の墓参りができれば、それで十分です」

「千尋殿を連れてここを出る？　しかし……その万華鏡の力、日に日に強くなっているであろう？　ここを出れば族人らは妙な気を起こさずにすむが、また他の部族や妖《あやかし》に狙われることになるのだぞ？」

「それも覚悟しています。……千尋には、いずれ気を抑える術を教えます。それに新たに千尋の眷属となったモノもおりますし……」

「新たな眷属？」

稔彦のいぶかしむような視線に、千尋は着物の中に隠れていた新しい仲間に「出ておいで」と小さく声をかける。

着物の襟の袷から、するりと小さな生き物が姿を現した。体長十センチにも満たない金色の龍である。それは、漣の龍とまったく同じ気配をまとっているため、稔彦はその存在に気づけなかったようだ。

「これは……？」

「この宝剣から分かれた魂のようです。宝剣……神は、邦彦が己の眷属を神と偽っていたのが気に入らなかったみたいで、それを倒すのに俺が一役買ったから、その褒美……ってことらしいんですけど……」

自信なさげに千尋が稔彦に説明する。千尋の眷属はあまりにも幼いためか、会話ができない。なんとなくそんな印象、というくらいしかメッセージを伝えてこないのだ。

「これがいれば、たいていの能力者や妖は恐れをなして、千尋に手出しはしないでしょう。よほどのことがあれば、この島に逃げ込むかもしれませんが」

その時はよろしく頼む、とばかりに漣が稔彦に深々と頭をさげ、千尋もそれに倣う。

それが昨晩のことだ。族長の許可を得たふたりは、翌朝、照の運転するクルーザーで、手近な港まで送ってもらうことになった。

「こんな形で約束を果たすことになるとはね……。とても残念ですよ、千尋くん」

クルーザーを運転しながら、照が名残惜しげにため息をついた。

船は揺れるが、千尋は短い船旅を楽しんでいた。もちろん、隣に漣がいたからだ。

ふたりは指を絡ませながら窓から外の景色を眺めている。ぼやく照に「見送り」ということで同行した凪が声をかける。

「いい加減諦めろって、照。俺たちふたりはふられたんだからさ」

「なにを言ってるんですか。まだ私は諦めてはいませんよ？　もう少しして、族が完全に落ち着いたら、私は島を出るつもりなんですからね」

「そうなんですか⁉」

照の言葉を聞き、それまでうっとりと恋人を見つめていた千尋が大きな声をあげる。

「族長になるためには、いろいろ経験を積む必要があるんですよ。その時には千尋くんの修行の続きをしなければね。漣には使えない技を、私はたくさん知っていますから」

「漣、そうなの？」

「あぁ。治癒や結界は照の方が上だ。千尋は、どちらも覚えた方がいい技だ」

「そういうことです、千尋くん。楽しみに待っていてくださいね。私は君のことが気に入ってるんです。漣に愛想をつかしたら、いつでも私のもとへきてください」

照は相変わらず、千尋に対してアプローチをかける気満々でいた。

四人でにぎやかに過ごすうちに、時間は瞬く間に流れ、クルーザーが港に到着する。

「それでは千尋くん、また」

「千尋ちゃん、俺も来週にはそっちに戻るから。落ち着いたら飯でも食おうな」

「ありがとう。また、会いましょうね！」

千尋は手をふり、漣は無言で頭をさげて、ふたりに別れを告げる。

そうして港から最寄り駅までタクシーで移動し、電車を乗り継ぎ、この屋敷に到着したのだった。

「明日には家に帰って、母さんに会えるかなぁ……」

千尋が漣の手を握りながら口を開く。

「梓様のところへか？　やめておいた方がいい。あそこには、おそらく加賀見の監視がついている。あいつらはまだ千尋を諦めていないからな。いつさらわれるか、わかったものじゃない」

「だからって、知らない人の家に、ずっとお世話になるのもつらいんだけど……」

「ここだったら人間相手のセキュリティは万全だ。念入りに結界も張ってある。加賀見もここに俺たちがいるとは思わないだろうし、仮住まいには一番いい」

「うん……」

漣の説明に、不承不承だが千尋がうなずいた。

きっと漣の言う通りなんだろうけど……。まぁいいか、あの島にいるよりはここの方がましなのは確かだし、気長に待っていれば、いつか、母さんにも会えるだろうし。

そう考え直して漣の顔を見た。相変わらず冷たく整った顔を見ているうちに、千尋は堪らない気分になった。

欲望のままに漣の指を口に咥《くわ》え、舌を這わせる。

「千尋、なにをしている?」

「よく考えたら、ようやく漣とふたりきりになれたんだなぁって思ってさ。島ではずっと昼は離れ離れで、夜だって凪さんの部屋で三人で雑魚《ざこ》寝《ね》してたし。満足にキスもできなかったじゃないか」

「……あんた、昼間っから、さかってるのか?」

「そうだよ、悪い?」

挑むように返答すると、千尋は素早く身を起こし、漣をベッドに押し倒した。太腿にまたがり、漣の顔に唇をよせる。触れるだけの口づけに、漣の顎が緩んだ。

「ん……」

半開きになった唇に千尋が舌を忍ばせる。

もう漣は拒まない。それどころか、千尋を煽るように舌を絡めてくる。

衣擦《きぬず》れの音をさせながら、漣の腕が千尋の背中に回った。

激しく口づけを交わす間に、ふたりの体勢が入れかわり、千尋が漣に押し倒される格好となった。

「なんだよ、さっきは呆れてたくせに。漣だってやる気じゃないか」

「そりゃあ……誘われたら……やる気になるだろう」

笑いながら千尋がなじると、漣が憮然《ぶぜん》とした顔で千尋に覆い被さる。

首筋を強く吸いあげられ、千尋が漣の背中に腕を回した。体が密着して、千尋は太腿で息づきはじめた股間の熱を感じる。

まだ十代の肉体は、千尋が与えるわずかな刺激にも敏感に反応する。

「漣、漣、かわいいね。大好きだよ」

そっと股間に手をやって、千尋がズボンの布越しに膨らんだ肉を愛撫する。

すると、漣が負けじとばかりに千尋の着物の襟をくつろげ、胸の飾りに唇をよせた。

「あ……っ」

舌で舐められただけで、千尋の体が熱くなる。

漣とこうして肌を合わせるのは、あの、嵐のような晩以来なのだ。一週間ぶりのセックスに、過剰に反応するのも当然だった。

千尋は漣の体を、熱を、全身で感じた。

自分の体質のことを考えると、将来にも不安が残る。けれども。

「ずっと……ずっと、いっしょにいよう」

「あぁ。俺たちは、ずっといっしょだ」

力強く応じる声に、千尋の感じた不安は消えていった。

「約束だよ」

小さな声で言いながら、千尋は股を開く。

きっと漣とならば、なにがあっても乗り越えていけるだろう。

死がふたりを分かつまで。

そんな確信を胸に、千尋は優しく力強い手に、身も心もすべて委《ゆだ》ねたのだった。

万華鏡の守人《もりびと》

鶴来《つるぎ》一族の島から東京――日常――に、戻ってから十日が過ぎていた。

すぐに戻ると言っていた凪《なぎ》は、結局、今日の午後遅くに自宅マンションに戻れたと、漣《れん》のスマホに連絡してきた。

「――明日、ここにくるそうだ。千尋《ちひろ》に、土産《みやげ》のケーキはなにがいいか聞いている」

「ケーキ？　どうして？」

代議士の柳原《やなはら》邸の一室で、ベッドに座った千尋が小首を傾《かし》げる。

漣はスマホをスピーカーにして、千尋に向けた。

『今年は、千尋ちゃんの誕生祝いをしてないから、せめてケーキでお祝いしようよ』

凪の言葉に、千尋の顔がほころんだ。

「じゃあ……漣は、生クリーム平気？　……平気なんだ。だったら、生クリームと苺《いちご》がのったのがいい。誕生日はやっぱり、コレでしょう！」

『了解。蠟燭《ろうそく》も二十本。ちゃんと用意するからね』

凪が陽気な声で返したところで、漣がスピーカーから通常の通話に切りかえた。そのままスマホを手にして部屋を出る。

……俺に、聞かせたくない話をするんだ。

その気になれば、ふたりの会話を聞けるが、千尋はぐっとその欲望を堪《こら》えた。

漣が俺に聞かせたくないんだから、盗み見や盗み聞きをしちゃだめだ。

千尋が膝《ひざ》に置いた手をぎゅっと握ると、小さな龍《りゅう》がやってきた。千尋の手首に甘えるように頭をのせる。

「あぁ、はいはい。ごはんだね」

悶々《もんもん》としているよりは、自分の眷属《けんぞく》に気を与えていれば気分転換になる。

千尋が微笑《ほほえ》むと、おずおずと漣の眷属も姿を現した。

漣の眷属の体色は、透明感のある明るいサファイアのブルーに落ち着いていた。体長も、そのままでは大きすぎるので、最初に千尋が見たサイズになっている。

「君も、欲しいの？」

千尋の問いかけに、眷属がこっくりとうなずいた。

控えめに千尋を欲望する姿が、主《あるじ》を連想させる。それが、なんとも愛《いと》おしい。

「いいよ、おいで。君が俺の気を吸って強くなるのは、俺の望みでもあるからね」

千尋が両手を胸の前にあげ、気の玉を作った。気の玉の作り方は、柳原邸にきてから、漣に教わった技である。

まずは、小さな自分の眷属に気の玉を与え、次に漣の眷属に気の玉を与えたところで、漣が部屋に戻ってきた。

　大事に千尋の気を舐《な》める眷属を見て、漣が申し訳なさそうな顔になる。

「……すまない」

「いいんだよ。たいしたことじゃないし。こうやって気の玉にすれば、あげる気の量を調節できるし、全然、負担じゃないよ。それに、俺にとってもいい訓練だしさ。それより、こっちきて。隣に座って」

　漣が言われるままにベッドに座った。すぐに千尋は漣の手に手を重ね、指を絡めた。

　既に千尋も漣も入浴ずみで、着ているのはネルのパジャマだけだ。千尋は左手でパジャマのボタンを外すと、漣の手をつかんで胸元にさし入れた。

「……しよ？」

　学校もなければバイトもない、若い男ふたり。しかも恋人どうしだ。精力と体力はあり余っていて、千尋も漣も、夜ごと濃密な行為にいそしんでいる。

　なのに、漣のヤツ、俺が誘わないと、しかけてこないんだよなぁ……。いっそのこと、強引に奪われてもいいのに。

　むしろ、そういうプレイも大歓迎なのだが、漣は生真面目《きまじめ》に千尋の意向を尊重する。

　千尋の素肌に触れると、漣の指が胸元でわずかに移動した。漣の人さし指は、小さな突起を捕らえると、すぐに上下に動きはじめる。

「……んっ……っ」

淡い乳輪に漣の指が円を描き、戯れに乳首を上下、そして左右に擦《こす》る。

瞬く間に千尋のそれは尖《とが》りを帯び、硬くなった。

下腹部に、熱と血が集まりはじめる。情欲の火に煽《あお》られて、千尋は顔をあげ、漣の唇に口づけた。

最初は触れるだけのキスを。次に唇を重ねた時には、漣の下唇を吸いあげる。

「ん、ん……っ。ん」

唇を離し、重ね、そのたびにキスを深いものにしてゆく。五回目に唇を離した時、漣が千尋の後頭部を手で支え、自分から口づけをしかけてきた。

千尋の背中がしなり、のけぞりながら漣の首に腕を回した。

歯列を舐められ、首筋がぞわりと粟立《あわだ》つ。半開きにした唇からのぞく舌を漣の舌先がつつくと、千尋の全身が熱くなった。

あぁ、俺、漣が好きだ……。

重なった唇から、漣の思いが、愛情が、熱とともに伝わってくる。漣の想いを感じるたびに、千尋の心に、強い悦《よろこ》びを伴った想いが湧《わ》いてくる。

舌と舌が触れるたびに、いやらしい音が生じた。鼓膜が震えて、いっそう千尋の官能を昂《たか》ぶらせてゆく。

舌を絡めながら、漣がゆっくりと千尋をベッドに横たえた。漣が千尋にのしかかると、若い雄の匂《にお》いが千尋の鼻腔《びこう》を掠《かす》めた。

「……そういえば、前に凪さんが、漣が嬉《うれ》しそうに俺のこと守ってたって言ってたんだ」

唇が離れると、いそいそと漣が千尋のパジャマのボタンを外しにかかった。ボタンがひとつ外れるごとに、布が左右へ広がって白い肌が露《あら》わになってゆく。

「……それで？」

「漣って、いつから俺のこと、好きだった？」

「……そんなこと、どうだっていいじゃないか」

他愛《たわい》のない質問に、漣が顎《あご》を引き、唇をへの字にした。

年下の恋人は、妙なところで強情で、頑《かたく》なだ。こういう表情をした時は、梃子《てこ》でも動かないのを、千尋は既に学習していた。

あらら。漣は、この話題はしてほしくない……ってことか。

「言いたくない？　じゃあ、いいよ。俺はね、漣が俺から力を抜かなかったことを知った時だよ。いや、その前から漣がそういう意味で気になってたから……。漣と、初めてつながって、漣が俺の中でイった瞬間……だと思う。自覚はないけど」

淡い失望を覚えながら、千尋が正直に漣に恋した瞬間を教えた。

漣の手を握ると、口元まで移動させる。

「優しいなって思ったら、好きになった。俺のことを、誰《だれ》よりも大事にしてくれるのは、漣だって、確信したんだ」

いつか、漣も俺に教えてくれるといいな。いつ、俺を好きになったか。どこが良くて、好きになったか。

そう心の中で思いつつ、千尋が大きな手のひらに口づけて、吸いあげた。

理性は、それをしてはいけないとわかっていた。

しかし、知りたいという想いが暴走し、気がつけば触れる肌から、千尋は漣の情報を読み取っていた。

脳内のスクリーンに、今より、ほんの少し若い凪の姿が目に映った。

夢の中に入った時と同じように、千尋は、やはり今より少し幼い漣の隣に立っていた。

『万華鏡のガードをしろ、とおまえに族長から命令があった』

凪は、千尋が見たことのないような厳しい表情を漣に向けていた。

『どうして俺が……。俺より他に、もっと強い奴も、やりたがる奴もいるだろう？』

『あぁ。だが、そういう奴は、万華鏡をガードするという名目で、隙《すき》あらばおこぼれをもらおうとするか、万華鏡を横取りしようとするだろう。どんなに忠実な人間であろうとも、二十歳《はたち》を前にして術が解けかけ、漏れ出る万華鏡の気を常に目にして、いつまで正気を保っていられるかわからない。それもあって、俺が族長におまえを推薦したんだ。母親が万華鏡のおまえなら、言い方は悪いが、あの力に耐性があるからな』

漣は、凪の言葉に難しい顔で返す。

『確かに……。だが、俺だって、いつまで正気でいられるかわからない。なにせ、修行を終えたばかりの若造だからな』

『おまえは、大丈夫だよ』

自嘲《じちょう》するように言った漣に、すぐさま凪が答えた。

『おまえは、万華鏡に狂ったりはしない。千尋ちゃんを、ちゃんと守れるさ』

凪がそう断言した瞬間、千尋は、場所を移動していた。

学生服の上にコートを着た自分が、母校の校門から出てきたところだった。

当時、よくつるんでいた友人ふたりと、三人で笑いながら、『この後、どうする？』『ファストフード行くか？』などと、他愛もないことを喋《しゃべ》っていた。

そんな千尋を、マフラーに顔を埋《うず》めた漣が、物陰からじっと見ていた。今の、二十歳の千尋は、その漣のすぐ隣に立っている。

『笑ってる……。この万華鏡は、笑えるのか』

心底驚いたようなつぶやきだった。

そして、千尋は察してしまう。漣の驚きの正体を。

漣は、お母さんの笑った顔を、見たことがないんだ……。

そう考えた瞬間、千尋の胸が痛んだ。

安っぽい同情なんかしたら漣に失礼だ。でも……悲しい。すごく、悲しい。漣も、漣のお母さんも悪くないのに……。

千尋の鼻の奥がツンとする。無性に漣を抱き締めたくてしょうがなくなる。

手を伸ばす千尋の耳に、漣のつぶやきが飛び込んできた。

『……つまり、俺の仕事は、こいつの笑顔を守ることか。こいつが、お母さんみたいに壊れないようにするのが、俺の役目なんだな』

漣が、目を細めて千尋を見た。

自分が一度も見たことのない、ありし日の母の姿を、千尋の中に探すように。

『守る……。俺が、守る。あいつを、俺が、守るんだ』

漣の声は、とても強くて頼もしく、そして胸が震えるほどに健気《けなげ》だった。

「ありがとう、漣。俺は、ちゃんとおまえに、守ってもらったよ」

二十歳の誕生日まで、なにも知らず、普通に過ごせたのは漣のおかげだったと、今の千尋は知っていた。

今より背の低い――自分とほぼ同じ身長の――漣を、千尋は抱き締めた。

すると、もっとたくさんの想いや記憶の断片が、千尋の中に流れ込んできた。

漣は、千尋の笑顔を見るのを楽しみにしていた。

ただ、千尋が笑っているだけで、漣の胸はほんのりと温かくなった。しっかり者の兄が頼りない弟に向ける感情に近かったが、それは、確かに愛情だった。

凪と相談して、千尋が好みそうなペンダントヘッドを選んで購入し、丁寧にペンダントヘッドやチェーンを護符にする術をかける姿もあった。

千尋に感謝されなくてもいい。ただ、千尋が笑っていればそれでいいと、漣は心の底から思っていた。

年度がかわり、漣が後輩として接するようになっても、それはかわらない。

サークルの新歓の飲み会の席でのこと。そろそろおひらきという頃合いになって、トイレから出た千尋と漣が、ぶつかりそうになった。

『すみません。……っと、鶴来……か』

千尋がそう話しかけたのが、最初だった。

漣は、ただ、黙ってうなずいた。

その時の、仏頂面の下に隠れた漣の、とまどいと喜びの感情といったらなかった。

『千尋が、俺の名前を、覚えていた……。まだ、会ったばかりで、みんなの前で自己紹介しただけだったのに……！』

初心《うぶ》な青年――少年か――の思慕は、千尋が赤面してしまうほど、純粋だった。

そういえば、大学で漣とまともに話したのって、あの誕生日の日に、ペンダントを拾ってもらった時だけだ……。

千尋はいつも友人やかわいがってくれる先輩、慕ってくる後輩に囲まれていた。隅の方で静かに——千尋と接点の少ない先輩と——会話している漣は、とても近くにいたのに、同時にとても遠かったのだ。

……これだけ守ってもらってて、知らなかったとはいえ、この態度って……。俺、かなり嫌な奴じゃないか？

もっと、話しかければ良かった。漣のことは、気になってたんだし。あぁもう、俺の馬鹿！　ちょっと話しただけで、こんなに喜んでくれるなら、いっぱい話しかけて、もっと仲良くなってたのに!!

素直に千尋が反省したところで、またしても場面が切りかわった。

それは、たぶん、凪のマンションであった。

ネクタイを外して、ワイシャツと背広のズボン姿の凪が、リラックスしたようすでリビングと思《おぼ》しき部屋のソファに座っていた。

漣は、淡いブルーのTシャツにジーンズというでたちで凪の正面に立っていた。

胸元には、あの剣をモチーフにしたシルバーのペンダントが彩りを添えている。

『俺が、候補者になった……だと!?』

『そうだ。前族長と族長、邦彦《くにひこ》が三兄弟だったから、候補者もその息子か推薦する者にすればいい、と邦彦がごねたらしい。族長の稔彦《としひこ》様には息子がいないから、甥《おい》の俺を推薦してきた。――まあ、妥当で無難な選択だな――』

凪がローテーブルの缶ビールに手を伸ばし、旨《うま》そうに中身を飲み干した。

『……どうした、漣。嬉しくないって顔だな』

『凪は、嬉しそうだな』

『まあね。千尋ちゃんはかわいいけど、そういう対象に思ったことはない。とはいえ、あの力は魅力的だ。一度だけでも味わってみたいっていうのが、本音だよ』

凪の言葉に、漣が眉《まゆ》をよせた。千尋の力を味わいたいと言う凪を、軽蔑《けいべつ》するかのように。

『漣、おまえの本音は？』

『辞退したい。俺は……万華鏡に……千尋に……酷《ひど》いことをしたくない』

そう答えつつも、漣の心には、ほのかに欲望の火が灯《とも》っていた。

千尋の婚約者候補になる、ということは、千尋の体を自由にする機会がある、ということだ。

守ると決めた千尋に対して、漣は千尋を抱く未来が定まって、初めて――ようやくか――千尋に欲情したのだ。

とはいえ、それは、千尋の髪を撫《な》で、手を握り、そしてかなうならば、触れるだけの口づけをしたいという、あまりにもささやかな望みだったのだが。

「おまえって奴は……、いったい、どこまでかわいいんだよ‼」

千尋が真っ赤な顔で、漣の背中を思い切りはたく。千尋の手は漣の背中をすり抜けて、実際は宙を空ぶっただけだったが。

こうして、二年近くの年月をかけ、漣はゆっくりと千尋に対する想いを育てていた。いつから、と聞かれて一言で答えられるものでもない。小さな思いや決意、できごとが積み重なって、そうなっていたのだから。

千尋が望む情報を得た時、意識が現実に戻っていた。

それは、時間にしてわずか数秒のことだ。夢を見るのと同じように、瞬《まばた》きするほどわずかな時間に、千尋は膨大な情報を受け入れ、読み取ったのだ。

意識が現実に戻った時、千尋は、恋人の手に唇を当てたままだった。肉体も、漣の愛撫《あいぶ》に火照《ほて》ったままだ。

唯一違っていたのは、漣が氷のようなまなざしを千尋に注いでいたことだった。

「千尋……。あんた、また……」

その声は、漣の過去を知り、全力でやる気になっていた千尋に、冷や水を浴びせかけるに十分なくらい、冷えて堅く、尖っていた。

「ご、ごめん。わざとじゃないんだ。知りたいって思ったら、こうなっちゃって……」

「……………」

漣が無言で顔を背け、上体を起こした。そのまま千尋から体を離してベッドからおり、きちんと畳んだ衣服を置いたソファまで移動する。

……しまった。漣が、怒っちゃった。

千尋の心にひやりと冷たい風が吹き、そして、次の瞬間、頭がかっと熱くなった。

「漣が言いたくないことを、見ちゃってごめん。でも、あの……俺はね、嬉しかったよ。漣が、すごく俺のこと大切にしてくれてたってわかったから。それに、漣がすごく純粋に俺のこと好きっていうのも、わかって嬉しかった。漣って純情っていうか、恋愛方面では、すごくかわいいとこあるよね」

焦るあまり、後先を考えずに千尋が見たこと、思ったままを口にする。

すると、漣が堪《たま》りかねたように「千尋！」と、大声をあげた。

「もう、いいから。黙っててくれ！」

そう言うと、漣が衣服を着はじめる。

「漣？　もう、夜なのに、どこか行くの？」

どうしよう、どうしよう。千尋の頭の中が、その言葉でいっぱいになる。

「ひとりになって、頭を冷やしてくる。間違っても、俺の後を追おうなんて考えるなよ。……頼むから、一度くらい、俺の言う通りにしてくれ。お願いだから」

「…………」

こうまで言われては、千尋は黙ってここで留守番するしかなかった。

よく考えると、俺、一度も漣の言うことを素直に聞いたことがない……。漣の見せたくない過去をのぞいたし、島でも何回もやめろと言われても迫ったし、あげくの果てに俺の力を要《い》らないって言う漣を説き伏せて、力を、吸わせた。

自分のやりたいようにやってばかりだ。これって、最低、じゃないか？

その結論に至った瞬間、千尋の胸に、ぱぁっと罪悪感が広がった。

「ごめん。……本当に、ごめん。ごめんなさい……」

心の底から反省し、こどものようにつたなく千尋が謝る。

漣は、どうしたものかというふうに口を開きかけたが、結局は唇をへの字に引き結んだ。

そして、悄然《しょうぜん》とした千尋を置いて、漣はなにも言わず、そのまま部屋を出て行った。


千尋はベッドに横たわったものの、目を閉じれば後悔と反省ばかりが頭をよぎり、まんじりともせずに一晩を過ごした。

眷属の小さな龍が、心配そうにしていたので、大丈夫だよと声をかける。

目を閉じていると、幾度か漣の姿が見えかけたが、そのたびに千尋は見ちゃいけないと、意識を漣からふり払った。

……こうやって、見たいと思うと見えちゃうから、漣を傷つけたんだ。俺は、自分の欲望を……力を、コントロールできないといけない。

　そう決意したものの、肝心の漣に、千尋を許す気がなければどうしようもない。

「ここから出ちゃいけないからしょうがないけど、後を追えないし、探しもできないっていうのは、しんどいなぁ……。置いていかれるっていうのは、こんなにも寂しいんだ」

　スマホで連絡すればいいのだろうが、あいにくと千尋のスマホは鶴来邸の火災騒ぎで壊れてしまっていた。

　連絡する必要があるのは、母親くらいで（他の友人らは、どこに千尋を狙《ねら》う者がいるかわからないから、禁止されていた）、母との連絡は漣のスマホを使っていたので、急いで新しいスマホを入手する必要性を感じていなかった。

「こんなことなら、漣に頼んで、新しくスマホを契約しておけば良かった」

　ぼやいてみても、後の祭りだった。

　そして、朝になっても漣は帰らなかった。

　千尋は寝不足のまま、顔を洗って身支度をし、漣の帰りをひたすら待ちわびた。

　時間が妙に間延びしたようで、千尋は、五分がまるで一時間のように感じていた。

「…………漣に会いたいよ。早く、帰ってこないかなぁ」

　千尋が盛大なため息をつき、胸元を飾るペンダントを握り締める。

　そして、昼過ぎになってようやく、扉をノックする音がした。

「漣⁉」

千尋が勢いよく顔をあげる。しかし、扉が開き、現れたのは、凪だった。

薄手のタートルネックのセーターとアラン編みの薄ベージュのカーディガン、そして焦げ茶のパンツというカジュアルな服装をした凪が部屋に入ってきた。

「漣じゃなくてがっかりしたのはわかるけど、誕生日ケーキを持ってきたんだから、もうちょっと、嬉しそうな顔で出迎えてくれないかなぁ？」

「すみません。いや、待って。どうして凪さん、俺が漣じゃなくてがっかりしたって思うんですか？」

「あぁ、昨日、漣の奴、うちにきて泊ったから。だいたいの事情は聞いてるよ」

凪がベッドにしょんぼりと座っている千尋の横に、大きなケーキの箱を置く。

「……そうですか。あの、漣は怒ってました？」

「怒ってるっていうより、困ってたよ。早く千尋ちゃんに、力をコントロールできるようになってほしいって。そうしないと、みっともないところばかり、千尋ちゃんに見られちゃうからってさ」

「……みっともない……？　俺、漣のことみっともないなんて思ってないのに。……いや、そうじゃなくて、結局は、俺が力をコントロールできないと、また、同じことをくり返しちゃいますよね。それまでに、漣が俺に愛想をつかさないといいんですが」

千尋が悩ましげな顔でため息をつく。

「そこでだ、千尋ちゃん。いっそのこと、力に制限をかけないか？」

「制限？」

「そう。千尋ちゃんが見たいと思った時、ある一定の言葉を言ったり、仕草をすると、見る力が発揮される。そういうふうに力の発動に、条件をつけるんだ。本当は、コントロールできるようになった方がいいんだけど、それまで待ってると、漣の神経がもたないからね。……どうする？」

「お願いします！　俺、漣に見捨てられたくありません！」

凪の提案に、一も二もなく千尋が乗った。

その発言を合図に、扉が開いて、紙袋を手にした漣が姿を現した。どうやら、漣は扉のすぐ前でふたりの話を聞いていたようだ。

「昨日は、その……おとなげない態度を取って、すまなかった」

「ううん。漣が謝ることないよ。俺の方が悪いんだ、ごめんなさい」

千尋が腰を浮かせ、軽やかに漣に駆けより、抱きついた。漣もまた千尋の背中に腕を回して、しっかりと抱き返してくる。

「はいはい、盛りあがってるところ悪いけど、そういうのは、ふたりきりの時にするようにね」

パンパンと小気味良い音をさせて凪が手を叩《たた》き、千尋が渋々と漣から腕を放す。

「漣、千尋ちゃんに渡す物があるんだろう?」

凪の誘いかけに、漣がこっくりとうなずいた。

ポケットから、青い不透明な石がセットされた、シンプルなデザインのシルバーの指輪を取り出す。次に漣は、千尋の右手を手に取り、中指にその指輪をはめた。

「濃い青の石に、キラキラした金色の粉が散ってる……。綺麗《きれい》だね。なんていう石?」

「ラピスラズリだ。この指輪は千尋の力を封じるよう、術をかけている。力を使いたい時は、この指輪を外すか、左手を指輪に重ねて『解除』と心の中で唱えればいい」

「なるほど。そうやって使うんだ。ありがとう、漣」

指輪は、千尋の指にぴったりだった。銀の台が吸いつくように肌に馴染《なじ》む。

右手の中指か……。どうせなら、左手の薬指だったら、恋人っぽくて、良かったのに。

「右手の中指なのは、それが一番、力を封じるのに効率がいい指だからだ」

しげしげと指輪を眺める千尋の心の声を聞いていたように、漣が説明をする。

「おい、漣。言わなきゃいけないのは、それだけじゃないだろう?」

「………。誕生日、おめでとう。この指輪は、俺からの誕生祝いだ」

ぶっきらぼうな――それが照れているだけというのは、もう千尋にはわかっている――言葉に、千尋が目を見開く。

「えっ！　でも、もう今年の分はもらってるよ。ほら、このペンダントヘッド！」

千尋が慌てて胸元に手をやり、ペンダントを掲げてみせる。

「そんな間にあわせの品じゃなくて、ちゃんと千尋のために選んだ物を、贈りたかったんだ。本当は、千尋の力を制御する術などかけたくなかったんだが……」

「ううん。これでもう、俺は、力の暴走で漣を嫌な気分にさせなくてすむんだから、最高のプレゼントだよ」

愛しげに千尋が指輪を撫でると、漣が嬉しそうな顔をした。

そうして、千尋が漣に向かいあって、右手で漣の左手を、左手で漣の右手を握った。顔をあげ、愛しい恋人の顔をひたと見つめる。

「これからは、なにかあっても漣が俺から離れなくてもすむね。昨日、漣が出て行って、俺、すごく寂しかったんだ。喧嘩《けんか》して、気まずくなっても、もう俺の前からいなくならないでほしい」

「わかった。約束する」

訥々《とつとつ》とした声で漣が返す。素っ気なくても、漣が承諾したということは、絶対に、その約束は守るということだ。

値千金の言葉に、千尋の胸がほわっと温かくなった。

「ありがとう。漣も、俺にリクエストがあったら言ってほしいんだ。見るのは……指輪のおかげでコントロールできるようになったから、それ以外で、俺にこうしてほしいとか、こういうのはやめてほしいってことがあったら、遠慮なく言っていいんだからね」

「……今のところは、ないな」

漣が千尋を見ながら目を細めた。愛おしい、と言葉より雄弁に語るまなざしだった。

「はいはい、おふたりさん、仲直りしたなら、ケーキを食べようか」

凪が、いつの間にか小さなテーブルにケーキの箱を置いていた。漣から紙袋を受け取ると、凪は中からケーキナイフや紙皿、プラスチックのスプーンなどを取り出し、手際良くテーブルに並べ、ひょいひょいとケーキに蠟燭をたててゆく。

「……誕生日ケーキか。実物をちゃんと見るのは、初めてだな」

しげしげと、物珍しそうに漣がバースデーケーキを見やる。ポケットからライターを取り出した凪が、蠟燭に火を点《つ》けながら口を開いた。

「蠟燭に火を点けたら、ふたりでハッピーバースデーを歌うぞ。漣、歌は昨日、うちでたっぷり練習したから歌えるな？」

「あぁ。……たぶん、歌えるようになった……と思う」

漣が、おっかなびっくりというふうに答える。

「あれ？　漣、もしかして歌うの苦手？」

「得意じゃない。島では歌なんか習わなかったし。……けれど、凪が、千尋が喜ぶというから……練習した」

普段、クールすぎるほどにクールな漣の目元がうっすらと赤らんでいた。

漣が照れてる！　かわいい……ううん、俺を喜ばせようとしてくれてるんだ。嬉しいなぁ。

そうこうするうちに、凪がすべての蠟燭に火を点けた。

「さて、準備終了。いっせーの、……」

凪のかけ声で、漣が緊張した顔で大きく息を吸った。

凪は歌わず、にやにやしながら漣を見ていた。漣は、裏切られたという顔をしつつも、懸命に慣れない歌を歌っている。

少し調子外れだが、低音の耳に心地良い歌声を聞きながら、千尋は幸せな気分で隣に立つ恋人の手を握ったのだった。

あとがき

はじめまして、こんにちは。鹿能リコです。このたびは、『万華鏡の花嫁』を、ここまで読んでくださいまして、本当にありがとうございました。

この本は、他社より二〇〇七年に出ました書籍を、新たに加筆改稿したものとなります。

あの当時は、オカルトテイストな物を書くことが許されず、土下座する勢いで「書かせてください」とお願いして書かせていただいた小説です。今は、オカルトもOKになりましたので、時代は変わったなぁ……としみじみしています。

時代の流れに従いまして、携帯をスマホに変更しました。スマホといえば、凪も漣も、島では毎日、手回し充電ラジオでスマホを充電しているという設定です。

美形ふたりが、夜な夜な、黙々とハンドルを回す姿を想像すると、楽しいです。

スマホの基地局は、わりと近くの島にあります。ここだけの話ですが、照はノーパソを持っていて、ネットバンキングで口座の残高確認をするのと、ネット通販が趣味です（日本全国津々浦々から、グルメなお取り寄せをしている）。電気は、納屋に置いている静音タイプの発電機から充電しています。こういう村でも、偉い人には特権が（笑）。

クルーザーの他に、もう一隻、船があって長老のひとりが対岸に住み、生活用品を購入、照あての荷物などもまとめて運搬、出稼ぎの村人の送り迎えもしています。

こういう、どうでもいいことをキチキチ考えるのが楽しいです。オカルト部分も、それなりに資料を読んでいたり、取材をしていたり、実体験を反映していたりします。今回書き下ろしの部分の気の玉作成は、十年の間に得た知識を反映させました(笑)。

十年ぶりにこの本を出し直しさせてくださいました編集様に、心より感謝いたします。自分の中では、かなり愛着のある作品でしたので、本当に嬉しかったです。

素敵な挿絵をつけてくださいました、den先生、本当にありがとうございました。タイプの違う美形四人がメインで、キャラクターのデザインが、本当に大変だったと思います。表紙も口絵もとても鮮やかで美しく、美形四人の饗宴に、うっとりしました。

そして最後に、ここまで読んでくださいました、すべての方に心より感謝いたします。すこしでも楽しんでいただければ幸いです。

鹿能リコ

休憩中。
ありがとう
ございまし

万華鏡の花嫁：アズ・ノベルズ作品（イースト・プレス　二〇〇七年十一月刊）に加筆修正
万華鏡の守人：書き下ろし

ラルーナ文庫

この本を読んでのご意見・ご感想・ファンレターなどお待ちしております。〒111-0036 東京都台東区松が谷1-4-6-303 株式会社シーラボ「ラルーナ文庫編集部」気付でお送りください。

万華鏡《まんげきょう》の花嫁《はなよめ》

2017年2月7日 第1刷発行

著　　者｜鹿能《かのう》 リコ

装丁・DTP｜萩原 七唱

発　行　人｜曺 仁警

発　行　所｜株式会社 シーラボ
〒111-0036 東京都台東区松が谷1-4-6-303
電話 03-5830-3474／FAX 03-5830-3574
http://lalunabunko.com

発　　売｜株式会社 三交社
〒110-0016 東京都台東区台東4-20-9 大仙柴田ビル2階
電話 03-5826-4424／FAX 03-5826-4425

印刷・製本｜シナノ書籍印刷株式会社

 ISBN978-4-87919-982-9

生け贄王子の婚姻譚

| 鹿能リコ | イラスト：緒田涼歌 |

捕虜となった異能の王子と、王族失格の烙印を押された王子——
掟に背き逃避行を…

定価：本体700円+税